07
Management of
Novice Alchemist
Let's Stop
the Epidemic!
JN030137
DATE: ○○ / △△
飛び込んだ執務室。
今はとにかく、一刻も
早く動かなきゃ!

Misty Hudson
ミスティ・ハドソン
サラサの学生時代の後輩＆友人。
実家は、海運を営む割と大きな商会
Sarasa Feed
サラサ・フィード
新米錬金術師。学校を卒業後、
師匠にもらったヨック村の店舗
で錬金術師のお店を開く
DATE: ○○ / △△
みんなの手助けがありがたい。
おかげで私も目の前の錬金に
集中できる。もうすぐ完成だ！

Management of Novice Alchemist
Let's Stop the Epidemic!
Iris Lotze
アイリス・ロッツェ
採集者。サラサに命を救われるが、
大きな借金を背負うことに
Kate Starven
ケイト・スターヴェン
アイリスのパートナー。
アイリスと共に彼女の治療費を
サラサに返済していく
Lorea
ロレア
ヨック村の雑貨屋の娘。
サラサの店でお手伝いをする

Management of Novice Alchemist
Let's Stop the Epidemic!
DATE: ○○ / △△
深いため息をついた私の頭に、
ポンと大きな手が置かれる。
そこには、優しげな師匠の顔。
……一人前の国家錬金術師に、
私もちょっとは近付けたかな？

新米錬金術師の店舗経営07

疫病を退治しよう！

いつきみずほ

ファンタジア文庫

3251

口絵・本文イラスト　ふーみ

Contents

Management of Let's Stop the Epidemic!

第七章

Let's Stop the Epidemic!

疫病を退治しよう!

07

Management of
Novice Alchemist Let's Stop the Epidemic!

Prologue

プロローグ

サウス・ストラグ、その領主館にある執務室は修羅場となっていた。

そんな修羅場の中心に立ち、周りの大人たちに偉そうに指示を出しているのは、まだ年若い少女——そう、誰あろう私であった。

「グレンジェの町を封鎖します。船には出港禁止命令を、街道には検問を設けてください。病気に対する耐性が高そうな人を選んで派遣してください。対応する兵士を……可能ならば必要数の二倍、昼までに集めてください。病気に対する耐性が高そうな人を選んで派遣します」

「かしこまりました。必要数の二倍、昼までに集めます」

すぐさま復唱し、応えた団長に頷き、私はペンを手に取る。

「命令書は——」

クレンシーが「こちらに」と、さっと差し出した命令書に署名、それを団長に渡すと、彼の副官が一人、すぐさま執務室を走り出た。

「クレンシー、食糧の備蓄は？」

「あまり余裕はありません。この秋の収穫が終わっていない所が半分ほどあります。疫病が蔓延すると、残りの収穫作業に影響が出るかもしれません」

「状況によっては領兵を派遣して収穫を行います。受納済みの物、村々で収穫した物も疫病終息までは売却せず、備蓄を。それにより、納税が難しい場合は猶予します」

「かしこまりました」

正式な命令書を作るのだろう。彼はすぐに新たな紙を取り出してペンを取った。

「モーガン、穀物の市況は？」

「平年並みです。時季的に新物が出始めていますので、今は少し下がっていますが、疫病の情報が出回ればどうなるか……」

「ここ数日が勝負ですね。すぐに買い集めてください。可能であれば他の領でも。そのための資金は……」

クレンシーに視線を向けると、彼は問題ないと頷く。

「こちらで出します。必要であれば私――全権代理としての名前を使っても構いません」

「かしこまりました。どこまで攻めますか？」

「幸い、今は収穫期。無理はせずとも、大半の集落には当面の食糧があるはずです。相場が荒れすぎない程度でお願いします。フィード商会の名前を汚す必要はありません」

頷いたモーガンが足早に出ていくのを見送り、団長に視線を戻す。

「封鎖と並行して、グレンジェに食糧を送ります。輜重隊を編制して、住民がパニックにならないよう、大々的に運び込んでください。軍の備蓄から回せますか？」

私の問いに、しかし団長は困ったように眉根を寄せる。

「ご命令ならば従いますが、今年は盗賊討伐の遠征がありましたので、余裕は……」

「サラサ様、町の備蓄から回しましょう。カーク準男爵家が取り潰しになったので、幸い今年は余裕があります。平年通りの収穫があれば、取り崩しても問題ありません」

収穫が終わる前に、サウス・ストラグで疫病が発生したら困るけど……今はグレンジェを優先すべきだよね。モーガンも集めてくれることだし、そちらにも期待しよう。

「では、それでお願いします。グレンジェとの間の町、フェルゴで疫病は？」

「代官からの報告はありませんが……」

それはクレンシーとしては珍しいことに、やや歯切れの悪い返答だった。

えっと……、私に疫病発生の連絡があったのが昨晩。

サウス・ストラグに情報が届いたのが、その少し前と考えると……。

「フェルゴの代官からの報告を待たず、警備隊の一部を派遣して調査してください。人口的に、サウス・ストラグまで広がるかどうかが鍵になります」

「了解です。あちらの町の警備隊とは旧知、上手(うま)くやります」

すぐに応えてくれる警備隊の隊長に頷き、再度クレンシーに目を向ける。

「周辺領主にも連絡を。現時点では、グレンジェで疫病が発生したという事実を伝えるだけで構いません」

「領境の封鎖はどうしますか？」

「現状ではまだ必要ないでしょう。あまりやりすぎると混乱が広がります。伝令は――」

「私たちの担当でしょう。ご命令ください」

「では、領軍にお願いします。足の速い人を見繕ってください。クレンシー、それぞれの領主宛の書状を」

「かしこまりました。暫しお時間をください」

　クレンシーはそう言いながらも、瞬く間に一枚目の書状を書き上げて私に差し出すと、二枚目へと取り掛かる。

　私はそれに署名を記しながらも、感じる重圧に小さく息を吐く。

　何故、一番の若輩者である私が、こんなことをしているのか。

　その理由を説明するには、昨晩の出来事を語る必要があるだろう。

No 017

錬金術大全：第十巻登場
作製難易度：ベリーハード
標準価格：300,000レアレア～

〈オシャレなバッグ〉

Efifhiftnfiflffl Afig

とある女性研究者が言いました。『大量の研究資料を持ち歩くのはオシャレじゃない！』と。錬金術師でもあった彼女が苦心して作り上げたのがコレ。見た目の数倍荷物が入り、重量は数分の一に軽減されます。ただ、上級錬金術師でも一〇倍が限界なため、その価格もあって、実用性の方は今一歩です。尚、通常は容量拡大バッグなどと呼ばれ、正式名称で呼ぶ人はまずいません。

Episode 1

対策会議

気心の知れた人たちと囲む、秋の穏やかな夕食。

その楽しい一時を打ち破ったのは、レオノーラさんから突如届いた連絡だった。

「グレンジェで正体不明の疫病、ですか？　それは一大事ですね」

ロッホハルト最大の——いや、ラプロシアン王国東部でも最大の港町であるグレンジェは、王国西部から東部に運ばれる荷物の他、他国からの船も立ち寄る流通の拠点。

実際、盗賊騒動などの絡みでしばらく閉鎖状態にあった時には、ロッホハルトとその周辺だけではなく、かなりの広範囲に亘って影響が出たらしい。

もっとも、ほぼ自給生活であるヨック村にはそんなことは関係なく、王都からの帰りに立ち寄るまでは、港が実質的な閉鎖状態にあるなど知りもしなかったのだが。

しかし、疫病となると話は別。決して他人事ではいられない。

「ヨック村も十分に気を付けないといけませんね。最近は採集者も増えてますから。レオノーラさん、知らせてくれてありがとうございます」

まずは新しく村に来る人の体調の確認かな？

グレンジェとヨック村は距離的に離れているし、村に来る人は限られているけれど、採集者の人たちは村や町を移動して活動することもある。

だから、病気を持った人が来る危険性もゼロではないけど……アンドレさんたちベテランに頼んでおけば、大丈夫かな？

彼らは半ば、ヨック村の採集者の纏め役みたいな立場。

体調の悪い人がいればきちんと把握してくれるだろうと、安易に考えた私を叱咤するように、レオノーラさんの焦ったような声が響いた。

『そうじゃないのよ、サラサ！　もちろん、そちらの村も警戒は必要だろうけど、領地全体としての対策が必要なの！』

「――？　それはそうですよね。まずは人の流れの制限でしょうか？　原因の究明も必要でしょうし。それは解りますが……？」

対策が必要なのは解る。でも、それを私に言う理由が解らない。

錬金術で必要な錬成薬を作らないといけない、人手が足りないから手伝え、というなら、いくらでも協力するけれど……。

しかし、私の反応は要領を得ていなかったのだろう。

レオノーラさんは噛んで含めるように、ゆっくりと告げた。

『サラサ、よく思い出して。ロッホハルト領の最高責任者が誰なのか』

「えっと、現在は王領ですから最高責任者は国王陛下――は、半ば建前なので、実質的には代官のクレンシー――」

『そうじゃないでしょ。現在、この領では全権代理が任命されているわ』

全権代理って――。

「それって……サラサか⁉」

アイリスが声を上げ、ケイトやロレアちゃんたちも『あっ！』と口を開けた。

「そういえば、まだ解任されていない……」

フェリク殿下から命じられた盗賊への対応は完遂。

報告書は送ったし、街道の整備も終わった。

サウス・ストラグにいた時には仕事を積み上げてくれたクレンシーも、さすがにヨック村にまでは来ないので、あとは殿下からの連絡を待つだけ。

そう思ってのんびりしていたのだけど、厳密には私はまだ全権代理なわけで。

「でも、全権代理は盗賊対策の間だけの話で……」

『権限は限定されていないわ。でなければ、街道整備などできないでしょ？』

殿下からの報酬込みで与えられた、全権代理という権限。

そのおかげでロッホハルト領の資金で、盗賊被害に直接は関係がないヨック村とロッツェ村の間の街道が整備できたわけだけど……その弊害がこんなここに⁉

『全権代理のあなたがこの領にいる以上、重大な決定をクレンシーの一存で行うことはできないわ。あなたの指揮下で動く必要があるの』

「そんな……。私、疫病対応なんて、やったことありませんよ!?」

学校で色々学びはした。

しかし、それらはすべて机上でのこと、実践経験なんてない。

『安心しなさい。実践経験がある人なんてほとんどいないわ。むしろ、学校を卒業したばかりのサラサこそが、最新の知見を学んでいるとも言えるわね』

「で、でも……私が失敗したら、多くの人の命が……」

名目上に近いとはいえ、ロッツェ領の領主になったことで、領民の命を背負う覚悟は決めていたつもりだったけれど、その何倍もの人口を持つロッホハルト領は想定外。

あまりにも重いその事実に、周囲の空気が薄くなるような感覚に襲われる。

『気になるのなら、あの爺さん――クレンシーの意見を訊きなさい。疫病対応は前領主の時代に少し経験があるそうだから、多少は役に立つと思うわ。もちろん私も手伝うし、あなただけの責任にするつもりはないわ』

「え、えと……し、師匠に、何か助言を――」

「サラサ、今、オフィーリア様は王都にいないって言ってなかった？」

「あっ、そうだった！」

数日前、転送陣で送られてきた手紙。その中に『しばらく留守にするから、生ものは送るな』という一文があったのを思い出し、私は頭を抱えた。

普段であれば、『それじゃ、お肉のお裾分けは控えようかな？』とか、『旬の食材が採れたのに勿体(もったい)ないな』とかいうぐらいの、軽い情報。

しかし、この場面ではとても重大な、とても影響の大きい情報である。

「よ、よりによって、こんなときに――！」

師匠に文句を言っても仕方がない。

というか、言う筋合いではないのだけど、師匠にいつでも相談できるということが、私の心の支えになっていたのだと、改めて実感する。

『とにかく、急いでサウス・ストラグに来て！　対応が遅れれば、遅れるほど――』

畳みかけるように告げていたレオノーラさんの言葉が途切れ、共音箱が沈黙した。

「き、切れちゃいました……故障ですか？」

「ううん、たぶん魔力切れだと思うよ？　共音箱って、魔力を多く使うから」

ロレアちゃんの疑問にミスティが答え、私もそれに頷(うなず)く。

「長く話していたからね。限界だったんだと思う」

私たちは気楽に使っているけど、普通の人では近距離でしか使えないほど、共音箱は魔力効率の悪い錬成具。思い返せば最後のあたり、レオノーラさんの口調は少し苦しそうだったようにも聞こえたし、少し無理をしていたのかもしれない。

「それで、サラサ。サウス・ストラグに行くのか？」

私にそう問いかけるアイリスの瞳は、心配そうに揺れていた。

見回せば、ケイト、ロレアちゃん、そしてミスティも、アイリスと似たような表情でこちらを見ている。

「…………」

私は無言のまま、暫し目を瞑って自分に問いかける。

任命された全権代理は一時的なもので、さすがに殿下も疫病対策のような難しい対応まで求めていなかったと思うけれど、現に私はその立場にいる。

他人の命を背負いたくないからと、責任から逃げても良いのか。

いや、責任云々を措いても、自分がサウス・ストラグに行く意味はあるのか。

共音箱を使い、全権代理としてクレンシーに委任するというのではダメなのか。

――心が気弱に振れそうになる。

目を開け、ただ静かに私を見つめるみんなの顔を見る。

そう。何も自分だけで、すべてを決める必要はないのだ。

私が学校で学んだ知識も少しは役に立つだろうし、クレンシーやレオノーラさんたちの意見を聞けば、少なくとも私がいない場合より悪い選択をすることもないはず。

——そもそもここで逃げた私は、師匠の弟子として胸を張ることができるのか。

その考えに至った時、私の心は決まっていた。

「行きます。今晩のうちに出れば、明日の朝には到着できると思いますから」

私がそう言うなり、ロレアちゃんが立ち上がって台所へと向かった。

「解りました。それじゃ私、お夜食を作りますね。一晩中走ると、きっとお腹が空くと思いますから」

「ありがとう、ロレアちゃん」

「お父様たちをサウス・ストラグに向かわせよう。少しでも自由に使える人手があれば、サラサも助かるだろう？」

「アイリス、それは私が行くわ。あなたはサラサと一緒にいてあげて。結婚したのだから、こういうときに支えてこそでしょう？」

「むっ、それは……だが、私ではサラサの足に付いていくことは……」

アイリスが、戸惑いがちに私とケイトを見比べるが、ケイトは無情にも首を振る。

「そこは死ぬ気で頑張りなさい。あなたの身体強化だって随分上達したんだから」

私が魔法を教えたアイリス、ケイト、ロレアちゃんのうち、アイリスだけは放出系の魔法を使えるようにはならなかったのだが、その代わりに魔力による身体強化には才能を発揮、今ではかなりの腕前になっている。

そんな彼女でも、魔力量が多く、魔力操作が得意な私には敵わないわけで……。

「サラサ、私が付いていっても良いか？　移動の足手纏いかもしれないし、私に疫病に関する専門知識はない。精神的にしか支えられないが……」

「いいえ、心強いです。一緒に来てくれますか？」

私がそう言って微笑むと、少し不安そうだったアイリスの表情が輝く。

「そうか！　任せてくれ。できるだけ頑張って走るからな！」

「問題ありません。真夜中に着いても仕方ないですし、二人なら途中で仮眠も取れるでしょう。無理のない範囲で行きましょう」

「あ、それじゃあ、ボクは兄に手紙を書きます。まだロッホハルトに残っているようであれば、その手紙を渡して扱き使ってください」

次に手を挙げてくれたのは、ミスティ。

疫病となれば、物資の輸送が重要になるかもしれず、とても助かるけれど……。

「良いの？　商売的には微妙だよ？」

「構いません。ただ、グレンジェの港が使えないとなると、あまり役に立てないかもしれませんが。小舟を使った荷下ろしだと、輸送量に限界がありますし」

ハドソン商会の船はかなり大型の船である。

しっかりとした港がないと接岸できないし、そのような港があるのはグレンジェだけ。近場の港であれば、以前、アステロアを採りに行ったバーケル士爵領にあるけれど、あそこは漁港であり、大型船が入港できるほど大きくはない。

だから、上手く活用できるかは未知数だけど、そこはやり方次第だろう。

「それはこちらで考えるよ。ありがとうね」

「いえいえ。サラサ先輩には散々迷惑を掛けてしまいましたから。それとも、ボクも一緒に行った方が良いでしょうか？」

「ミスティはここにいて。まだ方針が決まってないし、疫病となると薬草を集める必要も出てくるかもしれない。そのとき、このお店に錬金術師がいなかったら困るから」

「了解です。必要な物があればすぐに連絡してください。採集者の人にお願いして、集めてきてもらいますから」

胸を張るミスティに頷き、私は「他には……」と呟き、考える。

「あ、そうだ。ロレアちゃんは、明日になったら村の人と採集者の人たちに、注意を呼び掛けて。疫病が発生したからって」

「解りました。えっと……、どのような注意をすれば？」

料理をしながらも話は聞いてくれていたようで、ロレアちゃんは振り返ってすぐに頷いてくれたものの、困ったように眉根を寄せて小首を傾げた。

「そうだね、疲れていたり、不潔にしていたりすると病気に罹りやすいの。だから体調が悪い場合は無理をせずにしっかり休む、手や身体はいつも以上にしっかり洗う。取りあえずはそれぐらいかな？」

「それじゃ、公衆浴場の利用をより推奨する感じで良いでしょうか」

「うん。それが良いと思う。身体を温めるのは、健康にも良いし……」

先日完成したばかりの公衆浴場。

こんな事態は予想していなかったけれど、タイミングは良かったのかも。

「でも、サラサ先輩、お風呂を媒介として、疫病が広がる危険性はありませんか？」

「もちろん体調が悪い人は入浴を控えてもらわないといけないし、無理をして入るのは逆効果だから、公衆浴場を管理している人に注意をお願いすることになるけど……しばらくの間は、私が病気対策の入浴剤を提供するよ」

公衆浴場を使うメリットとデメリット、確率で考えれば前者が圧倒的に高い。

それに錬金術で作った入浴剤も加われば、その有益性は論を俟たない。

入浴料を無料にできれば一番良いんだけど、一度無料にしちゃうと有料に戻したときに苦情が出そうだし、あれは村の持ち物。そこまでは関わらない方が良いかな？

「その入浴剤を使うと、病気に罹らなくなるのか？　そんな便利な物が？」

「蔓延防止が主目的ですが、多少の予防効果もありますね。いろんな病気があるので、万全というわけではないですが」

「それって、錬成薬の一種よね？　高いんじゃないの？　ウチのお風呂ぐらいならまだしも、公衆浴場ほど大きい場所で使うとなると、使用量も……」

「だよな？　いつまで続くか判らないことを考えれば……」

「そこまででは……ないですね」

心配そうな二人に私は首を振って否定したのだけど——。

「そうなのか？　ミスティ」

「あれ、アイリス。なんでミスティに訊くのかな？」

「だって、サラサは無理してでも自分で負担しそうだもの。大丈夫な値段なの？」

アイリスとケイトに視線を向けられ、ミスティは困ったように苦笑する。

「原料は高くないですよ？　錬成の難易度は高めですが。なので、販売価格は少し高めです。庶民が毎日使うのは難しいぐらいの価格、でしょうか。もっとも、庶民は内風呂なんて持ってませんけど」

「それは……大丈夫なんでしょうか？　必要なら村の人たちからお金を集めることもできますけど。疫病の怖さは知っています。たぶん、反対は出ないと思います」

「ボクも作れるから大丈夫だよ、ロレア。素材は採集者の人たちに採ってきてもらえないか、お願いしてみよう？　自分たちの病気予防にもなるし、一時的なら受け入れてくれるんじゃないかな？　簡単に見つかる安い物だし」

「アンドレさんたちなら……そうですね、頼んでみます」

ロレアちゃんとミスティが頼もしい。これなら安心してお店を任せられる。けど、頼られてないようでちょっと寂しいかも……？」

「私の提案だし、手持ちの素材で一ヶ月分ぐらいは作れるから、出発前に作っておくよ。だから、二人ともあまり心配しないでね？」

「大丈夫ですか、サラサ先輩？　この後、走って行かないといけないのに。別にボクが作っても――」

「大丈夫、大丈夫！　一気にちゃちゃちゃっとやっちゃうから！」

これでも私、一応はミスティの師匠でもあるので、それぐらいはしておかないと胸を張れない。彼女の言葉を遮るようにそう言うと、私は改めてみんなの顔を見回す。

「その錬成が終わったら、準備をしてすぐに出発します。アイリスもそれまでに準備を。他のみんなは諸々、よろしくお願いします」

「「はい！」」「ええ！」「ああ！」

声を揃えて応えてくれる四人に頷き、私は立ち上がった。

◇　◇　◇

私とアイリスがヨック村を出発したのは、真夜中過ぎのことだった。

携えるのは着替えと武器、そしてロレアちゃんの愛情が籠もった夜食と朝食。

魔法で作った明かりを頼りに、身体強化をして街道をひた走る。

先日の盗賊問題の絡みでサウス・ストラグへの街道は整備が行われ、ヨック村からは緩やかな下りになっているので、私はそこまで辛くはないけれど……。

「アイリス、ペースは大丈夫ですか？　疲れたら言ってくださいね？」

「も、問題ない！　むしろ、もう少し速くても大丈夫だぞ！」

「そうですか？　でも、向こうに着いてからが本番です。疲れ切っていては意味がないので、このままでいきましょう」

アイリスの息は僅かに乱れているが、無理している様子もない。

これなら途中で一時間ずつ仮眠を取っても、早朝には到着するかな？

ヨック村に来たばかりのアイリスなら、とても維持できないような速度だけど、それだけ成長したってことなんだろうね。

その成長の一端を自分が担っていることが、何だか少し嬉しく、頬が緩む。

「……？　サラサ、どうかしたのか？」

「いえ、なんでもありません。中程で一度休憩して夜食を食べ、仮眠も取ります。アイリス、そこまで頑張ってください」

「了解だ！」

状況は決して喜べるようなものじゃないけれど、私は何だか少し軽く感じる足で、サウス・ストラグへと走り続けるのだった。

私たちが目的地に到着したのは早朝——しかも、日が昇る前のかなり早い時間帯だった。

当然、町の門はまだ閉じられていたが、そこを守る兵士は私を覚えていてくれたようで、こちらの顔を見るなりすぐさま門が開かれた。

「ありがとうございます」

「恐縮です！　連絡は受けております。すぐに領主館へお越しください、とのことです」

「解りました」

敬礼と共に伝言を口にした兵士に軽く頷き、門を潜れば、町もまだ大半が眠っていた。

しかし、一部の店は既に準備を始めているようで、通りには多少の人通りがある。

私の顔を知っている人は、おそらくいないだろうけど、この中を爆走して領主館に駆け込めば、何か事件が起きたのかと、良くない噂が広がりかねない。

このような状況下、不確定要素を増やすのは悪手。

私たちは逸る気持ちを抑えて足早に大通りを進み、領主館へ。

入り口を守る兵士の敬礼に手を上げて応えつつ、中へと入る。

ここまで来れば、外聞を気にする必要もなく、私たちは駆け足となる。

そして飛び込んだ執務室は、こんな時間にも拘わらず想像以上に人口密度が高かった。

その全員の視線が私に集中。

やや殺気立ったようなそれに思わず腰が引けるが、私はグッと奥歯を噛んで前に進む。

「サラサ！　もう来てくれたのね！」

最初に声を掛けてきたのは、レオノーラさん。

直接的にはロッホハルト領の行政とは関係がないが、連絡をくれたのは彼女だし、錬金術師としての知見を考えれば、呼ばれているのもまったく不思議でもない。

その陰に隠れるようにマリスさんも来ているけど……レオノーラさんの補佐かな?

「サラサ様、突然のお呼び出し、申し訳ありません」

当然のように代官のクレンシーもいる。

他にも、領兵のトップである団長とその副官が二人。

領兵とは別系統の組織である警備隊から、隊長とその副官が二人。

この七人がロッホハルトの為政者側となるが、他にも二人、やや意外な人がいた。

うち一人は、フィード商会のモーガン。

私の知り合いということで、クレンシーあたりが呼んだのだろうか?

実際、物流に関しては手助けがほしいと思っていたし、この町に拠点もあるし、ついでに、ちょっとぐらいなら無理が言いやすい相手でもある。

後で呼ぼうと思っていたので、これは助かる。

そして、最後の一人が一番の予想外。

なんとハドソン商会から、ミスティのお兄さんであるレイニーが来ていた。

これは……よく解らないので、後で訊くとして。

「どこまで？」

「サラサ様、こちらが現在までに検討した対策の概要です」

さすがはできる執事。端的な私の問いに、クレンシーがさっと紙を差し出す。

私はそれに素早く目を通し、暫時目を閉じて考えを纏める。

そして、目を開けると同時に声を発した。

「グレンジェの町を封鎖します。船には――」

◇　◇　◇

矢継ぎ早に指示を出し、署名を行い、命令書を渡し。

すぐにでもやるべきことを終わらせ、私は一息つき、後ろのアイリスを振り返った。

「すみません、アイリス、放っておいてしまって。疲れていますよね。取りあえず少し休ませてもらって――」

「いや、それを言うなら、サラサもだろう？　夜通し走ってきたのだから」

私の言葉を遮りアイリスが言うと、クレンシーがハッとしたようにこちらを見た。

「申し訳ございません！　サラサ様。すぐにお部屋のご用意を――」

「いいえ、もう少し話を詰めておきましょう。休むのはそれからで」

「では、座ってお休みください。どうぞこちらへ」

そう言いながらクレンシーが勧めるのは、この部屋の主たる執務机の椅子。

そこに座るべきか一瞬考えてしまうけれど、私以外だと更に座りにくいことぐらいは容易に想像でき、私は素直に腰を下ろす。

「アイリスもこっちに来て座ったら？　ソファー、空いてるわよ」

「すまない。正直に言えば、少し疲れていた」

レオノーラさんとマリスさんが座っているソファーに、アイリスが腰を下ろして深く息をつくと、その隣のマリスさんがアイリスを感心したように見た。

「アイリスさんは凄いですわねぇ。サラサさんと一緒に走ってきたのでしょ？　わたくしではとても耐えられませんわ！」

「マリス、あんたはもう少し鍛えるべきだと思うけどねぇ。サラサほどとは言わないけど、身体強化は重要よ？」

レオノーラさんに呆れ気味に言われても、マリスさんはツンと顎を上げて胸を張る。

「わたくし、体力仕事は専門家にお任せすることにしていますわ！」

「まったく、あんたは……」

諦めたようにため息をつくレオノーラさん。

でも実際のところ、マリスさんだって一般人よりは余程上なんだけどね？

それを解(わか)っているのでレオノーラさんも強く言わないのか、それとも本当に諦めているのか。けど、師弟としての関係は決して悪くない様子。

そんな二人に思わず私の肩の力も抜け、小さく笑いを零(こぼ)していると、目の前にスッと温かなお茶が差し出された。

「どうぞ、サラサ様。お茶を淹(い)れました。一息入れてください」

顔を上げれば、そこには穏やかに微笑(ほほえ)むクレンシーの姿。私が「ありがとう」とお礼を言って受け取ると、彼は他の人の前にもお茶を並べていく。

そのそつがない動き、少し特殊な私を除けば、実質ロッホハルトのトップである彼がすべきことなのか疑問はあるけれど、どうやらまだ使用人は雇っていないらしい。

そういえば前回、ここで働いていた時も、クレンシーがお茶を淹れてくれていたなぁ、と思いつつ、カップを傾け、人数の減った室内を見回す。

残っているのは、クレンシーとレオノーラさん、マリスさん、そして領軍の団長と警備隊の隊長、隊長の副官が一人と、レイニー。

四人減って、私とアイリスの二人が増えたので、人数は微減という感じかな？

ちなみに、残っている副官は女性なので、男女比は四対五。

マッチョが三人減ったので、暑苦しさはやや軽減されたけど、残る二人のマッチョは軍と警備隊のトップだけになかなか。

渋いお爺さんであるクレンシーも、あまり老いを感じさせないがっしりした体格だし、ああ見えてレイニーも鍛えられているし――。

「……そういえば、レイニーはなんでここに？」

到着するなり、私がドタバタと指示を続けていたこともあるのだろう。

終始無言だったレイニーが、ホッとしたように口を開いた。

「良かったです。気付いておられたんですね」

「もちろん、部屋に入った時には気付いてましたよ？　ただ、他に優先することがあっただけで。――あぁ、そうでした。ミスティから手紙を預かっています。もし会うことがあれば渡してほしいと」

「ミスティが⁉　失礼します！」

レイニーは顔を輝かせて手紙を受け取ると、早速それを開いて読み始める。

私はそんな彼から視線を外し、クレンシーに目を向けると、彼は頷いて話し始めた。

「最初に疫病発生を知らせてくれたのが、実は彼なのです」

「そうなのですか？　となると、信憑性は——確認していないわけ、ないですよね」

「もちろんです。即座に調査に向かわせましたし、その二日後、昨晩のことですが、グレンジェの代官からも一報が入りました。その内容はやや曖昧でしたが、レイニー様からの情報も併せて、私が疫病発生と判断、サラサ様に連絡させて頂きました」

「なるほど。対応としては、最速で行われている感じですか」

さすがにレイニーだけの情報で動くことはできなかっただろうから、むしろクレンシーの判断はかなり速い。

疫病発生と判断することは、大きなリスクを含んでいる。

軍を動かすコスト、食糧を集めるコスト、そして一応、私を呼び出すコスト。

もし今回のことが、疫病というほどのものでなかったら……？

最初に決断したクレンシーは、その責任を問われかねないわけで。『もっとしっかり確認してから』と判断を遅らせなかったクレンシーは、さすがなのだろう。

「クレンシーの判断を、私も支持します。空振りだったとしても、後手に回るよりは余程良いと思います」

「ありがとうございます、サラサ様」

私の言葉を受け、クレンシーは胸に手を当てて恭しく頭を下げると、レイニーの方に少し困ったように視線を向けた。

「ちなみにレイニー様は、サラサ様に何か協力されたいと仰いますので、お呼びしたのですが……」

「あっ、はい、すみません！」

クレンシーの視線を感じたのだろう。

何だかニヤニヤしながら手紙を読んでいたレイニーは、ハッと顔を上げると、その手紙を丁寧に畳み、大事そうに懐に収めてこちらに向き直った。

「サラサ様には、先日、大変お世話になりました。その大恩に報いるため、何かお手伝いできることがあればと、馳せ参じた次第です。しかも、ミスティにも頼まれましたので、何なりと仰ってください！」

お、おぅ……何だか、熱意が凄い。

ミスティのことを助けたし、半ば絶縁しかけていた二人の間を取り持ったようなものだし、ついでに言えば、レイニーの秘書が私に襲いかかったこともほぼ不問にしている。

恩に感じてくれているのは、まぁ、解る。

でも、それにしたって、ちょっと目が怖いんだけど……？

「えっと……ミスティはなんと？」

「サラサ様に協力すれば、過去のことは水に流すと！」

なるほど、それで。

レイニーって、ちょっとシスコンっぽいもんねぇ。

既に和解は為されているように思えたけど、一応のケジメなのかな？

「とはいえ、ハドソン商会に頼めることといえば海運ですが……船はグレンジェの港に停泊中なのですよね？」

「はい。疫病発生の情報を得て以降、極力船から下りないように命令しています」

「それは……守られるものなのか？」

やや懐疑的に言葉を挟んだアイリスに、しかしレイニーはきっぱり宣言する。

「守らせます。船での疫病の発生は死活問題。仲間の命を危険に曝すようなヤツは、次の航海で鮫の餌になるだけですから」

わぉ。さすがは海の男たち。下手な軍隊より厳しいね。

「しかしレイニーは、よく疫病が発生したと判断できましたね？」

グレンジェの代官ですら明確な情報を寄越していないのに、レイニーたちは確信して動いている様子。『何故？』と尋ねれば、彼は苦笑気味に答える。

「これでも色々な港を渡り歩いています。嗅覚が利かなければ、生き残れません――と、船長が言っていました。そのあたり、私はまだまだですから」

「部下の助言を素直に受け入れられるのは、良いことだと思いますよ」

「いや、そんな良いものじゃないですね。一応は跡取り候補ですけど、正直、船長たちの方が立場が上ですから。ハハハ……」

少し乾いた笑いを漏らすレイニーだが、すぐに表情を改めて言葉を続ける。

「もっとも、すぐにこちらに赴いたのだけは、私の判断です」

「それは非常に助かりました。レイニー様の情報がなければ、私どもの対応は二手も、三手も遅れていたでしょう」

「ありがとうございます。――それで、私たちはどのように動きましょうか？」

私はそれに答える前に、クレンシーに尋ねる。

「領内の生活必需品がグレンジェの港から入っている、ということはないですか？」

「なければ死ぬというほどの物はありません。ですが、港が封鎖されればグレンジェの経済活動は止まりますし、長期的にはロッホハルト全体にも大打撃となります」

グレンジェの港は先日、本格的に再開したばかり。

ハドソン商会以外の船も入港するようになり、活気が戻ってきたそうだけど……。

「封鎖はできるだけ短期間としたいものですが……疫病の抑え込みに成功するか、否かに懸かっていますね。ハドソン商会にお願いしたいのは、長期化した場合に備えての食糧調達——離れた領地からの輸入になるでしょうか」

近隣から食糧を集めるのは、フィード商会に頼める。

しかし、もし周辺領地にも疫病が広がれば、近場で調達することは難しくなり、船を使えるハドソン商会の強みが生きてくる。

「当然、そんな事態は避けたいですが、万が一も考え、今から動いておく必要はあります。ですが、ハドソン商会の船が接岸できるような港は……ないですよね？」

「はい、それが問題でして。できればすぐにでもグレンジェを離れたかったのですが、近場に接岸可能な港はなく……。短期間なら沖で待機することもできますが、荷下ろしができなければ、解決にはなりません」

商売として考えるなら、近場と言わず、遠くの港に避難すれば良かったんだろうけど、残ってくれたのは私に恩を感じてか、それともミスティがここにいるからか。

もちろん、ここでロッホハルトに協力する、商売上のメリットも考えていないとは思えないけれど。

「サラサ、隣接領地も入れれば、北のバーケル士爵領のベイザンと、南のベイカー士爵領のバルカヌに漁港があるよな？　なんとか使えないのか？」

「ベイザンには先日、アイリスも一緒に行きましたよね？　その時に少しだけ漁港も見てきましたが……バルカヌの方は、誰か知りませんか？」

「あそこは、河口に作られた小さな漁村ね」

　私の問いに答えてくれたのはレオノーラさん。肩を竦めて言葉を続ける。

「遠浅の海岸で、使っているのも小さな漁船。近場で魚を捕ったり、干潟で貝や海老などを採ったりして生活しているような村よ。とてもじゃないけど、大型船は近付けないわ」

「そうですか……。ベイザンの港もやはり規模は小さかったですね。ただ、あちらは自然の湾を利用した港だったので、湾内に船を入れることができれば、あるいは……」

　接岸はできなくても、湾内に停泊できれば大型船の運用にも希望が見えてくる。

　波が穏やかな湾内であれば、小舟による荷下ろしも可能だし、何より外洋に停泊するよりも天候の影響を受けにくく、安全だろう。

　しかしそれも、大型船が入れる海の深さがあってこそ。

『どうかな？』とクレンシーに目を向けるが、さすがに他領の海までは把握していないようで、彼は困ったように首を振り、ならばとレオノーラさんを見ても、こちらも同様。

　まぁ、小さい漁村のこと。喩えるなら、ロッツェ村の内情を他領の人が知っているかという話だし、私もアイリスたちと関わらなければ、地図上の名前でしかなかっただろう。

「バーケル士爵に問い合わせる……いえ、調べに行くべきでしょうか？」

優先順位を考えると、そもそもそこまでする必要があるのか。

定数を満たしていないのは警備隊だけではなく、領軍も同じ。

人手不足の中、今すぐやるべきことなのか……。

「サラサ様、よろしいでしょうか？」

悩む私に遠慮がちに声を掛けてきたのは、警備隊の隊長だった。

「隊長さん……？　どうぞ」

「私の副官がベイザン出身です。彼女に話を訊いてみては？」

そう言いながら隊長が目を向けるのは、彼の隣に立つ女性の副官。

隊長も私に話す前に、一言ぐらい彼女に言っておけば良かっただろうに、おそらく何も知らされていなかったのだろう。突然話を振られ、こぼれ落ちそうなほど目を見開き、固まってしまった彼女に、私は努めて優しく言葉を掛ける。

「そうなのですか？　えっと、マリリンさんでしたよね？」

「は、はい！　サラサ様に名前を覚えて頂き、誠に光栄であります！」

ガチガチに緊張した様子で、言葉を返す副官——マリリンさん。

なんでそんなに、と思わなくもないけれど、よく考えたらこの場所って、貴族が三人もいるんだよねぇ。マリスさん、あれで伯爵令嬢だし。

ついでに言えば、ロッホハルトの実質的トップと、名目上トップも揃っているわけで。

……うん、緊張、仕方ないね。

「それで、マリリンさんは、ベイザンの出身なのですか？」

「はい！　自分、ベイザンで働く場所がなく、サウス・ストラグに来て就職したであります！　漁の手伝いで培った体力で警備隊に入隊しました！」

とても力強いしゃべり方。もっと普通に話して良いんだけど……言っても余計緊張させそうだから、指摘するのはやめとこう。

貴族相手に緊張するのは私も解る——いや、一般論としては解る。

あんまり実感はないけどね？　師匠に鍛えられたおかげで。

「それでは、ベイザンの漁港に関しても詳しいですか？　湾内の水深は判りますか？」

「小さな漁港なので大型船が接岸することはできませんが、湾はそれなりに広く、水深も深いので、おそらく入ることだけはできると思われます！　大きな港を作りたかったが、お金がなくてできなかったと聞いております！　『深すぎて、桟橋を作るのが大変すぎる。金がない。作ってもどうせ大型船なんか来ねぇし！』とのことです！」

「……えっと、それは誰が？」

「バーケル士爵であります！」

突然の生の声、誰かと思ったら士爵本人だった！

――まぁ、あそこはロッツェ領よりも小規模な領地、ロッツェ家以上に領民と領主の距離が近くても、不思議ではないか。

「マリリン、情報ありがとうございました。レイニー、浮き桟橋なら対応できるかとも思いますが、どうですか？」

「湾になっているなら大丈夫じゃないでしょうか？　少なくともウチの者たちなら、浮き桟橋でも問題なく荷下ろしは可能です」

「そうですか、解りました。バーケル士爵に港の使用について、協力を依頼します。万が一、疫病が発生した場合の支援を約束すれば、否とは言わないと思いますが……私がお願いに行くべきでしょうか？」

最初に訪問した時も、アステロアを採りに行った時も、なんだかんだで反応は悪くなかったので、彼とは良い関係を築けているはず。『大事なことだし、直接お願いに上がるべきかな？』と思ったら、クレンシーが慌てたように首を振った。

「い、いえ、そちらは私が対応させて頂きます。（――胃が痛いと仰っていましたし）」

「え、何か言いましたか？」

「なんでもございません。私も知己は得ています。問題なく対応して頂けると思います。ですが、浮き栈橋の作製は……」

「当然、こちらで行うべきでしょうね。技術者と労働者は大丈夫ですか？」

「万事お任せください。上手く取り計らいます」

クレンシーがそういうのであれば、何も言うことはない。余裕があれば錬金術も活用して作ってみたいところだけど、今は有事、私の趣味に時間を使っている場合じゃない。一時的な物だし、それこそ丸太を並べて板を張るだけでも対応はできるだろう。

私は頷き、レイニーに視線を向ける。

「ではレイニー、特別に出港許可を出します。グレンジェの船を沖合に移動してください。そこで検疫を行い、しばらく発症者が出ないか確認します。もし発症者が出た場合は治療しますので、すぐに連絡を。その場合は諸々中止となりますが……」

「ご安心ください。そうなったときは、別の船を呼び寄せます」

「さすがに、そこまでしてもらうわけには……」

グレンジェにある船なら、港に停泊していた他の商会の船と同様、出港停止になっていたと思えば、まだ受け入れられる範囲かもしれないが、疫病の影響を受けていない他の船を新たに呼ぶとなると、ハドソン商会への損害は大きい。

「いいえ、私とミスティ、二人の命の代価と思えば父も認めるでしょう。サラサ様にはそれだけのことをして頂いております。もちろん、そうならないのが最善ですが。私も商会員たちのことは大切に思っていますから」

「ですね。疫病の詳細も判っていませんし……ですよね？　レオノーラさん」

「ええ。病気名、原因、共に不明よ。発熱と下痢、身体の一部が硬くなる症状が報告されているけど、病気の特定には至っていないわ。――そうよね、マリス？」

「そうですわ。一致する病気がないとは申しませんが、確定はしておりません」

レオノーラさんは私の言葉を肯定しつつ、何故かマリスさんに確認を取った。

そのことに私が首を傾げると、不思議に思ったのは私だけはなかったようで、アイリスが二人を見比べて尋ねた。

「えっと……マリスが調べているのか？　レオノーラ殿ではなく？」

「実はこの子、病気に関しては詳しいのよ。と言うより……マリス、良い？」

「構いませんわ！　わたくし、何ら恥じることはありませんもの‼」

さすがはマリスさん。いつものように胸を張り、これまたいつものように、レオノーラさんがため息をつく。

「いえ、だから少しは恥じなさいと……まぁ、良いわ。この子が錬金術師を志したそもそもの理由が病気の研究――治療薬を作りたいというものだったのよ。借金を抱えたのも、その研究に時間とお金を使いすぎた結果。身の丈に合わない素材にも手を出し、成果が出せなかったあげくに……ってヤツね」

高価な素材は、大抵の場合、錬成の難易度も高い。

下手に手を出して錬成に失敗しようものなら、一撃で破綻しかねない危険物。

それが直接的な商品作りのためでなければどうなるか。

失敗すれば当然、成功しても簡単には利益に繋がらないわけで。

私との付き合いも長くなり、錬金術やそのお店の経営に関しても詳しくなったアイリスは、困ったように視線を彷徨わせる。

「あ～……。こ、志は立派なのだな……？」

「ええ、ええ、志だけはね！　けど錬金術師には、そんなの、いくらでもいるの。単純な金儲けだけ考えている方が少数派、大抵は何らかの志を持っている。その志が人のためになるかどうかは様々だけど……立派なことを言うヤツに限って失敗するのよねぇ。頑張りすぎて、空回りするから」

「酷いですわ!?　わたくし、空回りなどしてませんわ！」

「嘘(うそ)を言いなさい、嘘を。結果が出ていないじゃない。――いえ、ある意味結果は出ているわね、空回りに空回ったあげく、借金塗(まみ)れで店を潰したという結果が！」

「うぬぬ……。ですが、わたくしの研究は決して無駄では……」

強く断言されてマリスさんが歯噛(はが)みするが、レオノーラさんは肩を竦め、諭すように言葉を続ける。

「無駄とは言わないし、いつか大きな結果を出すのかもしれない。でもね？　それまで研究を続けられなければ、無意味なの。利益の出せる錬成と、趣味――とまでは言わないにしても、長期的な成果を期するもの。バランスを取らないとやっていけないのよ」

「ふ～む、サラサも結構、使えない錬成具(アーティファクト)を作っていると思ったが、店はしっかり経営できている。ちゃんと考えて作っていたんだな」

「え、アイリス、そんな風に思っていたんですか⁉」

衝撃の新事実。

夫婦間の相互理解が足りていない疑惑発生である。

「いや、だって、倉庫に大量に眠っているだろう？　たまに私たちに貸し出してくれたりもするが、店で売る様子もない物たちが」

「言っておきますけど、完全に趣味で作った物なんて、ほとんどありませんからね？　知っていると思いますが、錬金術師は錬金術大全に載っている物を作らないとレベルアップしないんです」

「そこが新米の錬金術師が大変なところよね。師匠の下にいれば、注文のあった商品で賄えることもあるんだけど、独立すると余剰利益でやらないといけないから」

　さすが錬金術師のレオノーラさん。よく解っていると、私は何度も深く頷く。

「そうなんですよ。私の場合、学生時代にある程度作らせてもらってたんですが……錬金術大全は巻数が進むにつれて素材の価格も上がりますから、資金管理は結構大変です」

「その管理を失敗した成れの果てが、そこのマリスってわけね」

「成れの果てなんて、酷いですわ。わたくし、サラサさんとは違って、錬金術大全には感けておりませんのに……」

「それはそれで、錬金術師としてどうなのよ？　でも、マリスも性根は悪くないし、実力もあるからね。だからこそ、私が引き取ることにしたのよ。——ってことで、サラサ。疫病の研究にマリスをグレンジェに行かせるわね」

「……はい？」

　いきなり話が飛び、私は小首を傾げる。

——いや、飛んだわけじゃない？

マリスさんは病気の研究をしていたという話だから――。

「良いんですか？　色々と、その……」

「あら、サラサさん。わたくしが怖じ気づくとでも思ったんですの？　見くびらないでほしいですわ！　その程度の覚悟で病気の研究に携わりなどしません‼」

マリスさんは力強く宣言し、反っくり返るほど胸を張る。

でもこれは、本当に胸を張って良いと思う。錬金術師は一般人より病気に強いと言われているけど、それでも自分の命を懸けるに等しいのだから。

「そういうことであれば解りました。マリスさんが適任でしょう。私が行くよりも」

「いえ、仮にサラサさんが適任だったとしても、行かせませんわ？」

「サラサ、今のお前はこの領内で一番上の責任者なのだ。現場に赴くのは控えるべきだぞ？　お父様じゃあるまいし」

「万が一にも、サラサに倒れられたら困るわね」

「サラサ様、ご自重ください。サラサ様の決裁がなければ、物事が動きません」

「むぐっ。そう言われてしまうと……」

軽く付け加えた言葉に四人から反論が飛んできて、私は言葉に詰まる。

実際、反論の余地がないものだから――あれ？

「そういえば、この町の医者は？　適任と言うなら、そちら方面もあると思いますけど」

村のような小さな集落では、錬金術師がその役を担うことが多いけれど、サウス・ストラグぐらいの都市であれば、病気専門の医者がいるはず。

治癒魔法に特化した魔法使いだったり、錬金術師の資格はなくても治療法には精通していたり、錬金術師でありながら医者としての看板だけを掲げていたり。

その種類は様々だけど、疫病対策を行うのであれば、アドバイザーとしてでも来てもらっていて不思議ではないはず。

——う～ん、もしかして、早朝だから呼んでない？

そんなことを思ってクレンシーの方を見れば、彼は渋い顔で首を振った。

「呼んでおりませんし、呼ぶ予定もございません」

「あれ？　なんでです？」

「それは……」

いつもなら流れるように返事をするクレンシーが困ったように言葉を濁すと、少し意地悪そうに笑ったレオノーラさんが口を挟む。

「ヤブだからだよ。爺さんは言いづらいだろうから私が言うが、カーク準男爵のヤツと組んで甘い汁を吸っていたんだ。簡単に言えば意見を聞く意味もないし、呼ぶ価値もない」

「申し訳ございません。不正に関わった者たちは、現在処分を進めていますので……」

「いえ、それはお任せしますけど……。疫病対策の役に立たないというのであれば、取りあえずはどうでもいい人物ですし」

本当に申し訳なさそうに頭を下げるクレンシーに、私は首を振る。

経緯を考えると、なかなか直接的には言いづらかったんだろう。

それにクレンシーって、これだけ働いているのに、ほぼ無給なんだよね。

私も先日の盗賊騒動の時、色々と書類の処理をするうちに知ったんだけど。

過去のことはあれど、殿下が許し、任命した代官なんだから相応の報酬はもらっても良いはずなのに、色々と自責の念があるのかもしれない。

「それでは、マリスさんは、グレンジェに派遣する領軍に同行して町に入ってください。治療や調査に必要な錬金素材は無制限で――」

「やりました――」

「待ちなさい！」

私が『無制限で提供』と言いかけた瞬間、マリスさんとレオノーラさんの言葉が重なり、次の瞬間、マリスさんの口がレオノーラさんの手によって塞がれた。

「サラサ、さすがにそれは止めておきなさい。この子、自重しないわよ？　無制限なんて言ったら。それこそ、ソラウムを箱で持って来いとか言い出しかねないわ」

「むぐ――――っ！」

「反論、してますけど？」

「いいえ、これは同意。『その通り！』って言ってるのよ」

それは絶対違うと思う。表情が否定しているもの。

しかし、ソラウムかぁ。師匠曰く、実は『美味しくても、錬金素材としてはあまり役に立たない』らしいけど……知らなかったら使ってみたいかも。

もっとも、持って来いと言われたところで用意はできない。

一粒一万レアだから、疫病の蔓延を阻止できるなら値段的には許容範囲かもしれないが、値段以上に稀少だから、簡単に集めることもできない。

まぁ、さりげなーく、ウチの裏庭には生えているわけだけど、あれは秘密だし、まだ実も生ってないしね。

「マリスさん、素材は現実的な範囲で用意しますので、必要な物は連絡してください」

「っ、ぷはぁ！　随分とランクダウンしましたわ？　でも解りました。もとより、わたくしは安い価格でお薬を作りたいんです。無駄に高い素材を使ったりはしませんわ。――少なくとも、お薬自体には」

研究には容赦なく使うんですね、解ります。

借金で潰れた実績、ありますもんね！

「団長、領軍からマリスさんの護衛を出してください。彼女も弱くはないですが、治療や研究を行う以上、常に自分で身を守れるとは限りませんから。できれば女性を含む形で」

「か弱いわたくしを守れる人を、是非にお願い致しますね？」

「いや、か弱いは嘘だろう？　滑雪巨蟲（スノーグライド・センチピード）の足を魔法で切り飛ばしたのを、私はしっかり覚えているぞ？」

「あれを街中でやったら、大惨事ですよ？　切った張ったは苦手ですわ」

「私には、それも微妙に信じられないんだが……錬金術師を知っていると」

アイリスが直接知っている錬金術師。

私、師匠、レオノーラさん、マリスさん、そしてミスティ。……うん。

「しょ、承知致しました。私の副官を付けましょう。彼女であれば、戦いと雑務の両面で十分な能力を持っています。他にも腕利き（うでき）の護衛を間違いなく」

団長が滑雪巨蟲（スノーグライド・センチピード）を知っていたのかは判（わか）らない。でも、二人の会話から不穏さは十分に感じたのか、慌てたようにそんな提案をしてくれた。

「ありがとうございます。えっと……取りあえず、私からはこのぐらいでしょうか。誰か、他に何かありますか？」

何もなければ、ロレアちゃんのお弁当を食べて、アイリスと一緒に一眠りしよう。

しかし、その安易な考えは、クレンシーによって阻止された。

「サラサ様、懸案事項が二つほど」

「現状、懸案ばかりな気もしますが……なんですか？」

眉間に寄った皺(しわ)を解(ほぐ)しながら訊(き)き返す私に、クレンシーの方も苦い表情で応じる。

「では、まず一つ目ですが、フェリク殿下がこの領に向かっていたという情報がありま

す」

「なんで⁉」

とんでもない話に思わず声を上げてしまう。

この前もお忍びで来られていたけど、よりにもよってこんな時期に！

普通、王族って軽々に動くようなものじゃないよね⁉

「盗賊問題を短期間で解決したサラサ様の功績。それを高く評価した結果、直接顔を合わせて激賞すべきとの結論に至ったとか」

「いい迷惑——⁉」

こちらはしがない平民——じゃ、つい先日なくなったけど、それでも士爵なのだ。

書状一枚で、王都に呼び出すのが普通だよ！

そして、どうせ来るならもっと早く来て！　そうすれば私は全権代理の任を解かれ、ロッツェ領とヨック村のことだけに集中できたのに‼　くぅ〜〜！

「――って、ちょっと待ってください！　こちらに向かっているって、今はどこに？」

「調べさせておりますが、未だ判っておりません。普通の王族であれば、大勢の供を連れて大々的に動くので容易に把握できるのですが、フェリク殿下の場合は……少なくともサウス・ストラグの町に入っていないことは確かです」

「あぁ、そうでしたよね……」

私のお店に来た時なんて、たった一人だったもの。

もちろん周囲には、隠れて護衛している人たちがいたけれど、少なくとも普通の人であれば、王族が近くにいるなんて判らないだろうし、噂にも上らないだろう。

「ということは、まさか今回もお忍びですか？」

「可能性は高いです。正式なお出ましであれば面倒な手続きも多く、それを殿下は厭われますから。王都を既に出られたかどうかも把握できていません」

「…………」

せめて師匠に連絡がつけば、それだけでも確認できるんだけど……。

——嫌な予感しかしない。

私が無言で深いため息をつくと、それに賛同するように声が上がった。

「迷惑な話よね。王侯貴族ってヤツらは、下々のことなど考えてもくれない」

「まったくですわ。他人への影響も考えて、少しは自重すべきですわ」

「確かに少々困ることは多いな。主にサラサが、だが」

ちなみにだけど、最初に文句を言ったレオノーラさんも含めて、この場にいる人の大半は、どちらかといえば王侯貴族寄りである。

貴族ほどではないけど、錬金術師の社会的地位は、結構高いので。

対して、この場で一般人に類する人たちは、基本的には無言と無表情を保っているけれど、可哀想に立場的に一番下のマリリンさんは、凄く困った顔で目を泳がせちゃっている。

「だが、フェリク殿下絡みの厄介事に振り回されるのは、いつものことでもある。サラサ、今は現実的対応を考えるべきだろうな」

「ですねぇ、ノルドさんの件から始まり、『いつものこと』と言えてしまうほど殿下と関わってしまったのが、何とも言えないですが……」

アイリスが私の傍に来て、慰めるように肩に手を置くので、私は彼女に微笑みを返し、気持ちを切り替える。

「それで、クレンシー。殿下が海路を使ったなんて、可能性は？」

あってほしくない可能性。

けれども、事情を考えれば決して低くもない。

「前回は道中の領地にもお立ち寄りになったそうで、馬をご利用になったそうです。ですが今回はロッホハルト――正確にはサラサ様にお会いになることが目的。王都からの最も早い交通手段は、海路となります」

あぁ、やっぱり。師匠のような特殊な人を除けば、そうなるよね。

だからこそ、ミスティやモーガンたちと一緒に戻ってくる時は、海路を選んだのだ。

風によって日数に差が出るけれど、それでも陸路を馬で行くよりは早い。

その代わりに、正確な予定が読みづらいという欠点もあって……。

「それって、最悪、グレンジェに殿下が滞在されているなんてことも？」

「あるやもしれません」

私やミスティは、港に着いたその日のうちにグレンジェの町を発ったけれど、船旅に慣れていない人や体力のない人であれば、港町で何日か休息を取ることも十分に考えられる。

訪問するという手紙は届いて、本人は到着していない。時間を考えると――。

「海路を選んでいたなら、ほぼ詰み、ですか……。取りあえず、殿下がグレンジェにいると仮定して捜してください」

「承知しました。もし発見した場合、どうされますか？」

封鎖状態でも、殿下を町の外に出すか。

具体的には、サウス・ストラグまでお連れするのか。

暗にそう尋ねるクレンシーの言葉に、私は無言で腕を組む。

原則を言えば、感染しているかもしれない人を、封鎖中の町から出すことは望ましくないし、人口の多いサウス・ストラグに入れることは避けるべきだろう。

しかし、こと殿下となれば、拒否できるのか。

かといって、それが疫病蔓延の引き金となったら……。

「……殿下のお考えに従うことになるでしょう。そもそも私は代理です。殿下に命令されれば、何も言えません」

それは責任から逃れるような発言だったが、ある意味では常識的なもの。

だが、少し予想外なことに、この場にはそれを許してくれない人がいた。

誰あろう、マリスさんである。

「あら、サラサさん。可能、不可能で言えば、可能ですよ？　サラサさんは殿下から命令書を受け取ったと聞いていますが、任命したのは国王陛下。殿下の命令に従う理由はありません。領地では領主の権限が上ですわ？」

「それはそうですが……。マリスさん、解って言ってますよね？」

貴族の常識などに関して言えば、伯爵令嬢であるマリスさんの方が詳しい。

原則では拒否できる権限があったとしても、殿下から要請があれば、領主も許可を出さざるを得ないのが普通。ましてや、代理であれば……。

「マリスさんなら、拒否しますか？」

少し意趣返しを込めた発言だったが、マリスさんはキョトンと首を傾げた。

「当然します。それが疫病の蔓延の阻止に繋がるなら」

「本当に？　では、もしフェリク殿下がグレンジェに滞在されていた場合、対応はマリスさんにお任せしても構いませんか？」

「承りましたわ」

「……良いんですか？」

殿下の相手なんて、かなりの面倒事。とてもあっさり了承され、思わず訊き返す。

「むしろ、わたくし以外に対応できる方がおられますの？　幸い私はシュロット伯爵家から半ば見捨てられた身。万が一があっても、一番影響が少ないですわ」

「マリスさん……そこまで……」

「まぁ、その場合は、私の借金は棒引きしてほしいです。最期まで実家に迷惑は掛けたくないですの」

まるで覚悟を決めたかのように、マリスさんが少し顔を伏せて薄く笑う。

そこまで考えてくれていたなんて……。

「わ、解りま――」

「待ちなさい」

「え？」

レオノーラさんが私の言葉を遮り、ため息混じりに言葉を続けた。

「まったく、サラサは人が良いわよねぇ。マリスが大袈裟に言っているだけよ」

「そうなんですか？」

「ええ。たとえ殿下に何かあったとしても、意図的に毒殺でもしない限り、マリスがどうにかなるなんてことはないわ。特にお忍びで訪れていた先ともなればね。この国の王族はそんなに横暴じゃないわよ」

「……マリスさん？」

本当なのかと、私がジト目を向ければ、マリスさんは肩を竦めてペロリと舌を出した。

「サラサさんにはやられてばかりですもの。ちょっぴりお茶目してみただけですわ？」

「やられてばかりって……」

「具体的には、わたくし、雪山で背中を押されたのを忘れていませんわよ？」

「あれはマリスさんが、無意味な虚勢を張ったからだと思うんですが……」

「そんなことは、忘れましたわ！」

「記憶力の都合が良すぎる！」

そんな私の抗議を笑顔で受け流し、マリスさんは軽い調子で両手をパタパタ振る。

「まー、殿下のことは上手いことやりますわ。これでも上級貴族に生まれ、相応の教育は受けています。サラサさんはこちらを気にせず、疫病対策に奔走なさると良いですわ」

「あ、ありがとうございます……」

何だか釈然としないけど、助かることは事実。

一応はお礼を言うと、それを見ていたレオノーラさんが呆れ混じりに口を開いた。

「しかし、サラサ、気を付けないと騙されるわよ？　貴族連中なんて、大半は騙してなんぼ、と思っているヤツらばかりなんだから！」

「それはある程度、理解してますよ？　師匠の所には、まぁ、その……底辺っぽい貴族も来てましたから」

もっともそんな貴族は、まともに話も聞いてもらえず、怒った師匠に蹴り出されるのが常だったけど。

「それにしては、さっきはあっさり——いえ、サラサは結構用心深いわね。これまでの行動からしても。うーん、信じた人には甘いのかしら？」

「うむ。それがサラサの良いところだ。私の命も、ロッツェ家も、助かったのはサラサの優しさあってこそだからな！」

そんなことを、どこか嬉しそうにアイリスが言うものだから、レオノーラさんがちょっと意地悪そうな笑みで私とアイリスを見比べた。

「あら、惚気？」

「惚気じゃないぞ？　事実だからな」

「ちょ、ちょっと、アイリス……」

アイリスは平然と応じるけれど、話題にされる私としては恥ずかしい。

要らないことを言わないでとアイリスを突くが、『ん？』と小首を傾げるのみ。

夫婦間の相互理解が足りていない疑惑、再燃である。

「そういえば二人は新婚よね。——新婚って、どれぐらいの期間、言うのかしら？」

「知りませんよ⁉　というか、変なこと言わないでください！」

「別に変なことじゃないでしょ。事実なんだから」

「そうだな。それも事実だな」

そうだけどね！　でも、知らなかった人が、驚いちゃってるから！

具体的には、団長、隊長、マリリンさんが！

マリリンさんはあからさまに、残り二人は判りにくいけど、確かな動揺が見て取れる。

貴族ではたまに見かける同性婚も、平民の間ではまずいないもんねぇ。

それは現実的な問題――子供が作れないことが大きいのだと思うけど、ここで弁明するのは違う気がする。結婚を決めたのは私だし、アイリスを不安にさせたいとも思わない。

なので私は、それ以上何も言わず、クレンシーに顔を向けた。

「正直、もうお腹いっぱいって感じですが、クレンシー、もう一つの懸念は？」

「はい。こちらはそこまで緊急というわけではないのですが、前領主時代に不正を働いていた人物の処分に関してです」

「それは先ほど、お任せすると答えたと思いますが……」

過去の清算は、今後のロッホハルト領を担っていく人がすべきこと。

一時的に代行している私が、あれこれ口出しするようなことじゃないと思う。

そんな私の考えはクレンシーも理解しているようで、すぐに「はい」と頷く。

「軍や警備隊など、問題のあった者たちの追放、捕縛、処罰はこちらで進めています。ただ一点、お耳に入れておいた方が良さそうなことと、助言を頂きたいことがありまして。

——サラサ様は、ジョーゼフという名前を覚えておいででしょうか？」

「…………えっと」

誰だったっけ？　どこかで聞いたことがあるような……？

すぐには思い浮かばず、私が沈黙していると、レオノーラさんから補足が入った。

「サラサ、あんたがアンガーベアを買い叩かれそうになった錬金術師だよ。ついでに言えば、ヨクオ・カークに協力して滑雪巨蟲を嗾けようともした」

「あぁ！　あの悪徳錬金術師！　一度名前を聞いただけだったので、忘れていました！」

本当に一度だけ、フェリク殿下の口から出た名前。

アンガーベアの件ではとてもムカついたし、雪山でも迷惑を被ったんだけど、表には出てこないからすっかり忘れていた。

「なるほど、ジョーゼフ……。それで？」

カーク準男爵とか、バール商会とか、そっちの印象が強烈すぎて、影が薄いから！

「錬金許可証を剝奪され、町を出たところまでは把握していますが、その後の足取りは判っていません。ヤツはあなたを恨んでいます。お気を付けください」

「捕まってはいないんですね？」

「はい。貴族であるジョーゼフを捕縛できるほどの証拠は、見つかりませんでした」

「殿下の話から、そうじゃないかとは思いましたが……。私はもう関わりたくないですし、恨みなんて忘れてやり直してほしいところです」

錬金術師として商売はできなくても、魔法ぐらいは使えるはず。

働き口に困ることはないだろうし、お金だって十分に稼げると思うんだけど……。

「無理じゃないか？　逆恨みするようなヤツに限って、執念深いものだからな」

アイリスが無慈悲に私の希望を打ち砕き、同意するようにクレンシーも口を開く。

「真面目に働いている可能性は低いかと。実は先日の盗賊騒動、ハージオ・カークが出てきた裏にもジョーゼフがいたという不確定情報があります」

「王都にいたハージオとこの領の盗賊、もしかして繋いだのは……？」

「かもしれません。内乱の幇助(ほうじょ)となれば、貴族であっても処罰対象なのですが、こちらについても証拠が見つかっておりません」

「アイツ、あれでも錬金許可証(アルケミーズ・ライセンス)を取れるだけの頭はあるからねぇ。錬金術師が犯罪者になると、結構面倒なのよ」

「噂(うわさ)によると、犯罪錬金術師に対処する、裏の専門部隊があるそうですわ？」

「怖っ!?　え、マリスさん、それって、本当ですか？」

私はまったく聞いたことがないけど、マリスさんは高位貴族だからなぁ……現実的に普通の警備兵程度では対応できないのも事実だろうし、否定ができない。

「だから噂、ですわ？　でも、サラサさんレベルの人が犯罪に走ると、普通の人では止めるのが大変なのですわ？　走る前には教えてほしいです。逃げるので」

「走りませんよ!?　まったく、もぅ」

けど、冷静に考えると、私が犯罪者になる可能性がゼロだったかといえば……。

錬金術師養成学校に入学できず、無力なまま孤児院から出た場合。

師匠に出会えず、魔力の多さを自覚することなく事故を起こした場合。

改めて今の幸せを噛み締め、隣のアイリスを見れば、彼女は私の視線に少し不思議そうに小首を傾げ、優しく笑う。

「……うん、今に不満はないですしね」

「現状に不満があったら、やるですわ？」

「マリスさん、茶化さない！　不満があったら、私は自分が変わる努力をします。――取りあえず、ジョーゼフのことは記憶に留めておきます。それでクレンシー、もう一つの助言というのは？」

「はい。そちらはこの館の宝物庫についてです。関係者の処罰と並行して、時間を見つけて整理をしていたのですが、目録と収蔵品にかなりのズレがありまして」

「えっと……それは、前領主が売り払ったとかではなく？」

「それもあると思いますが、お取り潰しのどさくさで、追放した者たちに持ち出された物もあるようなのです。現金、貴金属はまだしも、一部には錬成具や錬成薬も含まれていまして。それの確認をお願いできれば、と。可能ならば、レオノーラ様たちにも」

「なるほど。宝物庫に入れるほどの代物、犯罪者たちの手に渡ったかもしれないとなると、不安ですね」

　現在のサウス・ストラグは、カーク準男爵家のお取り潰し後にクレンシーが頑張ったおかげで、犯罪組織の勢力が大幅に低下している。

　しかし、もし疫病が蔓延して治安が悪化すれば、彼らが復活する契機となりかねず、そこに錬成具など絡んでこようものなら、混乱は必至だろう。

「解りました。現状を考えると、不安要素は少ない方が良いですね。確認しましょう」

「私たちも協力するわ。折角クソ共が減ったってのに、またこの町が荒れたら堪らないわ」

「感謝致します。それでは――」

「クレンシー、その前に一息入れましょう」

早速、と言いそうな彼の言葉を遮り、私は室内を見回す。

私たちが来る前、いつから対策会議をしていたのかは判らないけれど、おそらくは昨晩からずっと。みんなの顔には明らかな疲れが見える。

立場を弁えてか、あまり口を挟んでこない団長や隊長たちであるが、執務室の一角でずっと立ちっぱなしだし、一応は客扱いなのか、ソファーに座っているレイニーも目をしぱしぱさせている。

レオノーラさんとマリスさんは結構元気そうだけど……ま、錬金術師って、徹夜で錬成することも、普通にあるしね。体力も、魔力も人並み以上だし。

そして一番の高齢にも拘わらず、常に立って動き回っていたクレンシーは――。

「これは気付きませんで。失礼致しました」

「クレンシーは元気ですね……？」

「はっ、問題ありません。現状では少々不謹慎ながら、今の私は充実しているのです。少し前までは、ただ腐っていく領地を少しでも保たせるために汲々としていました。ですが、今は自分が働けば働いただけ、領地が良くなる。その実感があるのです。先々代と共に駆け抜けた日々を思い出します」

そんなことを言いながら、どこか遠い目をするクレンシーを見て、私とアイリスは顔を見合わせて頷き合う。

「これはあれですね。仕事中毒」

「サラサも人のことは言えないと思うが……？」

おや？　再び微妙なすれ違い。これは、夫婦の時間が必要そうです。

人のこと言えないのは、事実だけど！

「とにかく、一旦切ります。皆さん、朝食もまだでしょう？　レイニーは適当に休んでできるだけ早くグレンジェへ。団長や隊長たちも、適宜休息を取ってください」

私は両手でバンッと机を叩いて立ち上がる。

「事は長期戦です。体力が落ちると病気に罹りやすくなります。体調には常に気を付け、この事態を全員で乗り切りましょう！」

「「はい！」」「「えぇ！」」「ああ！」

Management of
Novice Alchemist

Presented by itsuki mizuho Illustration by fuumi

Episode 2

行動開始

執務室を出た私とアイリスは、クレンシーが用意すると言ってくれた朝食を断り、割り当てられた部屋へと早々に引っ込んでいた。

前回滞在していた時にも使っていたそこは、館の中でも最上級の上品な客間であり、大きなベッドやソファーが置かれた落ち着く雰囲気の部屋である。

もしくは、客間には興味がなかったとか？

ヨクオ・カークの館だったことを思うと、ちょっと予想外だけど……改装したのかな？

でも、無駄に豪華絢爛な部屋でなかったのは、私にとってありがたい。

実際に生活するならば、見た目よりも実用性。

私はちょっと高そうな座り心地のよいソファーに寝転がり、深くため息をつく。

「はぁ～～」

「お疲れさま、サラサ。大丈夫か？」

アイリスはそう言いながらソファーに腰を下ろすと、私の頭を抱え上げて自分の膝に載せ、労るように私の頭を撫でた。

その優しい手の動きに、重い心が少し軽くなるように感じる。

「体力的にはまったく。精神的には……ちょっと。慣れないことをすると、疲れます」

「人の命が懸かっていると、やはりそうだろうな。お父様たちも飢饉の時はとても悩まれていた。領民だけではなく他からの流民もいて……。彼らを救うのか、見捨てるのか。難しい判断を迫られている様子は、子供心にも本当に大変そうに見えた」

「それでも救ったんでしょう？　凄いと思いますよ、アデルバートさんは」

「だがそのことで、借金を抱えて破綻しかけた。いや、むしろ破綻したと言うべきだろうな。ロッツェ領の領主として、あの選択が正しかったのか、私には判らない」

「難しいところですね。後知恵でなら何とでも言えますが……」

領民のことを考えるなら失敗。人助けという点では成功。

領地を守る貴族の行動としては、必ずしも正しいとは言えないけど……。

「取りあえず上手く収まったので、正しかったで良いんじゃないですか？」

「それもサラサがいてこそだがな。だがその結果、サラサが苦しむことになっている。すまない。私がもっと支えられれば良いのだが……。勉強不足を恥じるばかりだ」

見上げるアイリスの顔は、ちょっと苦しげで……。

私は手を上げて、その頬にそっと触れた。

「アイリス、気に病まないでください。今回のことにロッツェ家は関係ないと思いますし。悪いのは全部フェリク殿下。そう、あの迷惑王子ですっ！」

　私が力を込めて宣言すると、アイリスは小さく苦笑を漏らす。

「ははは……。そんな言葉を聞かれたら、また無茶振りされるぞ？　ただでさえ目を付けられているんだからな。――目を掛けられていると言う方が、正しいかもしれないが」

　う～ん、悪い意味で目を付けられるよりは、まだ良いけれど――。

「どっちにしても迷惑ですよねぇ。放っておいてくれるのが一番なんですけど」

「オフィーリア様の弟子となった時点で無理じゃないか？　これも一種の有名税か？」

「うっ。そう言われると、何も言えません。師匠の弟子となれたメリットは、代えようもないほど大きいですから。ふぅ……」

　私は目を瞑って小さく息を吐き、アイリスに身体を委ねる。

　このまま眠ってしまいたいけど……そういうわけにもいかないよね。

「さて！　そろそろロレアちゃんが持たせてくれた朝食、食べましょうか」

　少し気合いを入れて身体を起こし、私は荷物に手を伸ばした。

「あぁ、休むのは食べてからにしよう。正直、私も疲れたからな……まだまだだ」

「アイリスは十分に凄いですよ？　休憩を一度入れたとはいえ、ヨック村からここまでの速度で走りきるのは、なかなかできることじゃありませんから」

　ロレアちゃんが持たせてくれたお弁当は、二人分としてはやや多め。

あまり時間がない中、夜食に加えて朝食まで用意してくれたロレアちゃんに感謝しつつ、私が部屋に備え付けのティーセットでお茶を淹れ、アイリスが料理を並べる。

「ロレアも、日々料理の腕が上達していくなぁ」

「ほぼ毎日、朝昼晩と作ってくれてますからね。努力家なんでしょう、最初はそこまででもなかったことを考えると」

母親のマリーさんに習っていたので、雇った当初から料理ができたロレアちゃんだけど、凄く上手いかといえばそんなことはなく、年齢を考えれば凄いというぐらい。

私に尋ねたり、プレゼントした料理の本を読んだりして、実家では使ったことのないような食材にも果敢に挑戦。努力の成果が今の料理である。

「食べるとロレアの料理、という感じがするよな」

「はい。普段と同じ味にホッとします」

そんなことをアイリスと話しつつ、なんだかんだで少し多かった料理も平らげ、お腹が満腹になったことで欠伸が漏れる。

「ふわぁ～……ふぅ」

「ふふっ、やはりサラサでも、疲れは隠せないか。汗を流してきてはどうだ？　ここにはお風呂があるだろう？」

「ですねぇ……。でも今入ると、寝ちゃいそうです」

一眠りする前にスッキリしたい。

でも眠い……どうしよ？

「本当に寝そうだな？　サラサにしては珍しい。……やはり重圧か」

小さく呟いたアイリスは立ち上がると、私を抱えるように支える。

「一人では心配だ。私も一緒に行こう」

「あー、うん。それじゃお願いします……」

少しボーッとしたまま、お風呂に連れて行かれ、身体を洗われ、お湯に浸けられ……身体も温まり気分もやや回復したところで、寝間着に着替えた私はベッドに腰掛けた。

「ふぃ～……」

「サラサ、寝るか？　また膝枕、してやっても良いぞ？」

「それも悪くないですが、アイリスが眠れなくなるでしょ？　ぬぃ～」

後ろに倒れ込んで伸びをしていると、着替えを終えたアイリスが隣に腰を下ろす。

「ふむ。それならば、寝るまで手を繋いでいてやろう」

「要りませんって。私はそこまで子供じゃないです。――あ、だからといって、大人の行為をしてくれという意味じゃないですよ？　そこは勘違いしないでください」

「別に勘違いはしないが……人の温もりが感じられると、案外安心するものだぞ？」

「おや、アイリスはご経験が？」

「昔は――いや、結構最近まで、ケイトと一緒に寝ていたからなぁ」

「おやおや？　もちろん私は、結婚前の行状にまで文句を付けたりはしませんけどね？」

「なんでそうなる。身を寄せ合って、と言う方が解りやすいか？　家を出てからも、余裕がなかったんだ。貧乏貴族ではあったが、それでも守られていた小娘が、採集者として活動を始めたのだから」

揶揄うようにニヤリと笑い、アイリスを見ると、彼女は苦笑しながら布団を捲る。

そこに私が潜り込むと、何故かアイリスも横に入ってきた。

「添い寝はお願いしてませんけど？」

「まぁ良いじゃないか。――サラサが嫌なら離れるが？」

「別に嫌ってこともないですけど」

「ならこのまましばらく寝よう。私も少し疲れた」

「そうですか。それではおやすみなさい、アイリス」

「あぁ、おやすみ、サラサ」

手を握りこそしなかったものの、仲良く並んで目を閉じた私とアイリスは、暫しの休息をとるのだった。

◇　◇　◇

なんだかんだで、数時間ほど仮眠を取って頭をスッキリさせた私たちは、レオノーラさんとマリスさんを伴い、クレンシーの案内で宝物庫へと向かった。

防犯上の問題か、宝物庫は地下にあるらしく、長い階段を下りていくと、やがて無骨で重厚、且つ大きな扉が目の前に現れた。

「さすがは元準男爵家。ウチなど、小さな穀物倉庫があるぐらいだぞ」

「あら？　宝物庫なら、ウチの実家にもありましたわ？」

「マリス、伯爵家と比べないでくれ……。ウチはしがない騎士爵だ」

苦笑したアイリスに、マリスさんは軽く肩を竦める。

「でも、わたくしのおかげで、足の踏み場もないぐらい狭かった倉庫が、少し広くなったそうですわ」

「……ん？　整理を手伝ったのか？」

「そんなわけないでしょ。おそらくは、マリスが実家に金の無心をしたからよ」

「それはつまり……宝物庫の物を売って、お金を作ったんですか？」

問うようにマリスさんに目を向けると、彼女はスッと目を逸らした。

「……倉庫を片付ける良い機会だったとは、聞いていますね」

「「ええ……」」

「使いもしない宝物なんて、重要な物だけ残っていれば良いのですわ」

そういう考えもあるだろうけど、減らした人が言ってもねぇ。

開き直っているようにしか聞こえない。

「ハハハ、実のところこの倉庫も、以前に比べると随分と寂しくなっているのです。大きさはそれなりなのですが。——ふんっ」

クレンシーが鍵を開け、力を込めて重そうな扉を押し開けば、その先に見えたのは予想通り、かなり大きな地下室。

明かりが彼の持つ錬成具しかないので、宝物庫全体は見通せないが、下手をすると私の家よりも広いかもしれない。

「ちょっと暗いわね。『光』」

レオノーラさんの魔法で天井付近にいくつもの光源が浮かび、室内が煌々と照らし出され——浮かび上がったのは『寂しい』と表現したくなるような宝物庫の状況だった。

　そこかしこに高価そうな物が見えるし、総量は決して少なくないのだが、並んだ棚には空きが多く、部屋の広さが逆にもの悲しさを感じさせる。

「往時にはここも九割は埋まったものですが……。いけませんね、年を取ると、つい過去の華やかだった頃に思いを馳(は)せてしまいます」

　クレンシーは軽く目頭を押さえ、小さく首を振ると、宝物庫の右手奥を示した。

「錬金術関連はあちらにあります。これが目録となりますので、ご確認をお願い致します。一応、他の場所には置いてないと思うのですが……」

「錬成具(アーティファクト)かどうか、区別が付きにくい物もあるからね。サラサ、マリス、まずは残っている物をチェックしていきましょ。判断の付かない物は保留ね」

「わかりましたわ。目録に印を付けていきましょう」

「了解です」

　錬成具(アーティファクト)は判りやすい。私の知らない物もレオノーラさんやマリスさんと相談し、目録と見比べれば判断は付き、順調にチェックマークは増えていく。

　対して錬成薬(ポーション)は、ある意味では判りづらい。

　基本的に付いているラベルを信じてチェックするしかないのだが、稀(まれ)にラベルが剝がれていたりすると、もうダメ。

膨大な種類がある錬成薬(ポーション)、ヒントなしで同定するのは不可能に近く、それらは一箇所に纏(まと)めておいて、目録でチェックがつかない錬成薬(ポーション)と比較しながら予測するしかない。

「しかし、こうして見ると、錬成薬(ポーション)はほぼ残っている感じですね」

「案外、金に換えづらいからね。——というか、爺(じい)さん。錬成薬(ポーション)は廃棄した方が良いんじゃないかい？　最近、宝物庫に入れた物じゃないんだろう？」

「余程特殊な瓶にでも入っていないと、使用期限が切れてますわよ？」

「高価な錬成薬(ポーション)もありますけど……正直、私なら使いませんね」

この地下室は気温も安定していそうだし、保存場所としては悪くない。

でも、悪くないだけ。仮に手に入れたのが先々代の頃だとすれば、少なくとも一〇年以上前になるはずで。効果が落ちているだけならまだしも、おかしな変化をしていたらと思うと、怖くて使えない。

「仰(おっしゃ)る通りです。紛失状況を確認したら、すべて廃棄しましょう」

「その方が良いでしょうね。場所を取るだけですし」

私がクレンシーの言葉に頷(うなず)くと、マリスさんが「あら？」と声を上げ、棚から一つの錬成薬(ポーション)を手に取って、チャポチャポと揺らした。

「性別反転薬がありますわね。廃棄するぐらいなら——」

「要りませんから！」

「わたくし、何も言ってませんわ？」

「サラサ様、よろしければ、お持ちになっても――」

「だから要りませんって。そもそも、詳細不明の性別反転薬なんて、怖くて使えませんから。マリスさんだって、知ってますよね？」

「当然ですわ。妙な時に戻ったら、シャレになりませんもの」

具体的には妊娠中。まぁ、女同士の場合はあまり関係ないのだけど。

「でも、お試しで遊ぶだけなら――」

「これだから貴族は！　とにかく要りません。それより問題は錬成具（アーティファクト）の方です。いくつかなくなっているようですので、他の場所にないか探してみましょう」

「私も手伝おう。サラサ、形状などは判（わか）るか？」

「えっとですね、今見つかっていないのは――」

アイリスやクレンシーにも手伝ってもらい、宝物庫の中を探し回った結果、新たに見つかった物もあったけれど、やはり見つからない物もあり。

「チェックの付いていないのは、全部で五つですわ」

「案外多くない、と言うべきでしょうか？」

「判りやすい金目の物があるのに、錬成具に手を出すのは余程の物好きだろうさ。金目当てなら良いんだが……怪しげなのも含まれているねぇ」

なくなっていた物の具体的な名前は、〝疾風の蹄〟、〝掘削機〟、〝無情の杖〟、〝空隙の短剣〟、そして〝キュピシスの壺〟の五つ。

数としては少ないけれど、私の知らない物が複数含まれているのが……。

「掘削機に関しては、目録の更新忘れと思われます。随分と昔に、鉱山を持つ貴族にお譲りした記憶があります」

「そうなると、残りは四つか。サラサ、どんな錬成具なんだ?」

「疾風の蹄は蹄鉄ですね。馬への負担を軽くし、移動速度を上げる錬成具です」

「空隙の短剣は、少し危険な錬成具ですわ。空間を超えて壁越しに攻撃できるとか、高性能な物では扉の外からでも殺せるとか、聞いたことがあります」

「無情の杖もちょっと危険な物だね。魔法の威力を上げる錬成具なんだが、使用者の生命力を削るって欠点があるから、まぁ、普通のヤツは使わないね」

私は疾風の蹄以外は知らなかったんだけど、いずれも市場価格はかなり高いらしい。

もっとも物が物だけに、簡単に売れるような代物じゃないらしいけど。

「さすがは準男爵家、なかなか凄い錬成具があるんだな。最後のキュピシスの壺は?

何だか変わった名前だが」

「私は心当たりがありません。レオノーラさんとマリスさんは？」

「私は知らないわね。そんな錬成具（アーティファクト）、あった？　——もっとも私は、錬金術大全の八巻以降に載っている物は、有名どころしか知らないんだけど」

　レオノーラさんが首を捻（ひね）ってそう言うと、マリスさんも同意するように頷く。

「そうですわねぇ、わたくしも、御伽話（おとぎばなし）としての『キュピシスの壺』であれば知っていますが、それ以外は……」

「え？　何ですか、その御伽話って」

　初めて聞く話に問い返すと、マリスさんは意外そうに私を見た。

「あら？　ご存じないですの？　師匠も？　——うふふっ」

　私とレオノーラさん、そしてアイリスとクレンシーも答えられないのを見て、マリスさんは少しだけ優越感に浸るように笑みを浮かべたが、それがレオノーラさんの気に障（さわ）ったようで、マリスさんの頭をぺしっと叩（たた）いて先を促す。

「御伽話を聞けるのも読めるのも、金持ちだけなのよっ。良いからさっさと話しなさい！」

「痛いですわっ。もぅ……。話は、貧乏な男が壺を拾ったところから始まりますわ」

とある海岸で小汚い壺を拾った男は、それを水瓶（みずがめ）にしようと持ち帰る。

　しかし綺麗（きれい）に洗ってみると、その壺にはなんとも言えぬ風格があった。

　これは名のある物に違いない、高く売れるかもしれないと壺を磨く男は、ひょんなことからその壺が、中に入れた物を一定時間で二倍に増やす不思議な壺と知る。

　いつも腹を空かせていた男は、最初は芋を二つに増やして、お腹（なか）いっぱい食べる程度で満足していたが、人間腹が満たされると更なる欲が出るもの。

「壺を使って商売を始めたり、壺を狙う者が現れたり……と、まぁ、本題には関係ないのでザックリ端折（はしょ）りますが、最終的に男は壺から溢（あふ）れ出（で）た金貨の重みによって、船と共に海に沈むというお話です。その男の名前が、キュピシスというんですわ」

「本当に、一気に端折ったな⁉」

「時間があれば全部聞いてみたいですが……それはそれとして、偶然の一致ってことはないですよね？」

「ないでしょ。もっと在り来たりな名前というならともかく。その話から名前を取ったのか、そういう壺が存在して、それを元に御伽話が作られたのか」

「そんな錬成具（アーティファクト）が存在するのか？　錬金術の凄さは実感しているが、さすがにあり得ないと思うのだが？」

アイリスが眉根を寄せ、懐疑的にこちらを見るが、私たち錬金術師は返答に窮して顔を見合わせる。

「作れるか、と問われれば、作れないと断言できますが……」

「ないと断定するのは難しいですわ。理解できない錬成具は案外存在しますもの」

「さすがに何でも二倍にするってのは眉唾だと思うけど、条件付きでそれっぽい機能がある可能性は否定できないのよねぇ。ほら、凄く単純なのだと、湧水筒って錬成具があるでしょ？　あれなんてゼロから水を出してるじゃない？」

「む、そう言われると、そうなのか？　二倍以上であることは間違いないが……」

水というありふれたものだから、イマイチ実感しづらいのだろう。

改めて指摘され、アイリスが小首を傾げる。

「ちなみに爺さん、実際はどんな能力の錬成具だったのかしら？」

「判りません。おそらくは用途不明、もしくは大して使えないと判断されたのかと。有益な物であれば、私も把握していると思いますので」

「それもそうよね。持ち込んだヤツが、ふかした名前を付けて売り込んだのかしら？」

「凄く有名ではないけれど、実際に存在する御伽話。売り文句としては悪くないですね」

有名すぎると、『そんな物がここにあるわけがない』と思うし、あからさまな作り話だと、信用されず箔を付けるには役に立たない。

そう考えると、一部の人が知っているぐらいの話はちょうど良いのかもしれない。

「ただのゴミって可能性もあるけれど……持ち出されてるのよねぇ。爺さんは持ち出したのがジョーゼフだと考えているんでしょ？　だから、サラサにも注意を促した」

「その通りです。普通の人に錬成具は扱いづらい。説明を受けなければ効果は判らず、売りさばくことも難しい。ですが、しばらくの間この館に滞在していた錬金術師なら話は違います。その錬成具も、価値に気付いて持ち出したのやもしれません」

潜在的な敵——いや、向こうから恨まれている以上、明確な敵だろうか？

そんな錬金術師があえて持ち出した、詳細不明な錬成具。

「何とも嫌な話ですねぇ……」

「申し訳ございません。できるだけ早く、ジョーゼフの所在を摑むよう、努力します。宝物庫から錬成具が失われていることが確定した以上、彼が盗んだ可能性が高い。それらが見つかれば、十分に捕縛する理由になります」

「お願いします、と言いたいところですが……」

今、そこまで手を広げるべきなのか。

ジョーゼフよりも、疫病という目の前の問題に対処すべきではないのか。

私が口を曲げて『むー』と考え込んでいると、私の隣で同じように難しい表情で考え込んでいたアイリスが、ふと顔を上げた。

「なぁ、クレンシー、錬成具以外にも宝物から奪われた物はあるんだろう？　その壺も同じ――ジョーゼフ以外が持ち出したとは考えられないか？」

「いえ、ですから、錬金術師以外には――」

「そうではなく。名前からして、それは壺だろう？　金目の物を奪うとき、入れ物にちょうど良いと、それに入れて盗み出した、なんてことは考えられないか？」

「「「…………」」」

　ものを知らない破落戸が、ヒャッハーとか言いながら壺に金貨や宝石を詰め込んで、それを抱えて逃げ出す。

　案外ありそうな光景に揃って沈黙すると、それを見たアイリスが少し動揺したように私たちの顔を見回した。

「な、何かマズいことを言ってしまっただろうか……？」

「そんなことはありませんが……ま、まぁ、最悪を想定して行動しましょう。何事も、備えておくことが重要なのです」

「そうよね。私も気に掛けておくわ。少なくとも、この町にジョーゼフが入ってくれば私の耳にも入るはずだから」

「頼りにしています。クレンシーは……疫病対策を優先してください。そちらが疎かになっては本末転倒です。ジョーゼフについては、こちらで考えてみます」

私の言葉に、クレンシーは暫し無言で悩む様子を見せたが、人的資源が足りないことは否定しがたい事実であり、やがて「承知致しました」と頷いた。

宝物庫から出ると、レオノーラさんたちは慌ただしくお店へと戻っていった。

予定通りであれば、マリスさんの出発は明日の朝。

それまでに病気の治療や研究に必要な物を準備、荷造りするためである。

対して私たちは、呼びに来た団長と共に練兵場へと向かっていた。

グレンジェへと派遣する兵士たちの召集が終わり、そこから病気の耐性が高そうな人を選ぶのが目的なんだけど……団長が何か言いたげに、私の顔をチラチラ見てくる。

やや礼を失したその態度が気になるのか、クレンシーが難しそうな顔をしているので、それに先んじて、私は団長に声を掛けた。

「団長、どうかしましたか？」

「いえ、その……一つ、伺ってもよろしいでしょうか？」

「ええ、何なりと。むしろ疑問があれば、積極的に訊いてください。その方が安心して任務に取り組んで頂けると思いますので」

「ありがとうございます。では……サラサ様は耐性の高そうな者を選んで、と仰っていましたが、それは判るものですか？　もちろん、元気な若者の方が病気に罹りにくいというのは解るのですが、領兵は基本的にそういう者たちの集まりですから」

まぁ、不健康な人は兵士になろうとは思わないよね、訓練についていけないだろうし。

だから、団長の疑問も理解できるんだけど――。

「あまり知られていませんが、一応、大まかな基準はありますよ？」

人間の病気や毒に対する耐性は、体力、魔力、精神力によって変わると言われている。

凄く大雑把に言えば、体力一〇〇、魔力一〇〇、精神力一〇〇の人ならば、抵抗力が三〇〇で、強度三〇〇以下の毒には耐えられる、そんな感じ。

もっとも、これら三つの値を定量的に調べる方法はないため、明確な数値で測ることは難しい上に寄与度もそれぞれ異なり、これまた大雑把にだけど、精神力の係数を一とするならば、体力が一・五で、魔力が一・二ぐらいというのが、一つの説。

つまり、先ほどの例でいえば、実際の抵抗力は三七〇になる。

「値の正確性はともかく、全体的な方向性としてこの理論は間違っていないようで、同じぐらい鍛えられた兵士でも、魔力の高い兵士の方が病気に罹りにくい傾向にあります」

「つまり、サラサ様は魔力の多い兵士を選別して？　しかし、兵士たちの中に魔法を使える者は、ほぼいないのですが……」

「魔法を使えなくても魔力は持っているものです。どれほど効果があるか判りませんが、少しでもリスクは下げるべきだと判断しました」

例えばロレアちゃん。

私が教えるまで魔法は一切使えなかったけれど、魔力の多さはかなりのもの。

田舎の大自然の中で育ったことを差し引いても、とっても健康優良児なのは、その魔力の多さが影響しているんじゃないかな？

ちなみに、年齢の割に元気なクレンシーの魔力も、結構多かったりするんだよね。

魔法を使えるかどうかまでは知らないけど。

「サラサ様、部下たちのことをご心配頂き、ありがとうございます。ですが魔力量など、簡単には調べられないのでは？」

「正確に測ることは難しいですが、私が見ればおおよそ判ります。並んだ人たちの中から、魔力が高い人を選ぶぐらいであれば、そう難しくありません」

訝しげな団長に私がそう答えると、彼は息を呑み、驚きに目を瞠った。

「なんと！　さすがはサラサ様、お強いだけではなく、そんなことまで……。このブライアン、改めて感服致しました！」

あ、当然だけど、ブライアンは団長の名前ね。

この人にも、そして警備隊の隊長――あの人は、カルヴィンって名前なんだけど――にも、何故か尊敬されているんだよねぇ、私。

……まぁ、前回来た時に彼らの訓練に参加して、ストレス解消したのが原因なんだろうけど。あれは師匠の規格外を、改めて認識する出来事だったよ、うん。

「魔力を測る、ですか。サラサ様、錬金術師にはそのような能力が？」

「そうでもないですね。それなりに珍しいと思いますよ？」

興味深そうに尋ねるクレンシーに、私は首を振る。

外見に現れる筋力ですら、見ただけで正確に測ることは困難なのだから、それが魔力であれば言うまでもないわけで。この能力、身に付けるのは結構難しい。

私の魔力の多さに最初に気付いたのが、錬金術師養成学校の講師や教授ではなく、師匠だったと言えば、その稀少さも想像できるかな？

そのことに人生を救われた私は、かなり頑張ってこの能力を習得したんだよね。

いつか私みたいな人を見つけたら、師匠のように助けたいと思って。

「魔力量を大まかに調べる錬成具の存在は、聞いたことがありましたが……」

「あー、ありますね。凄く高価ですけど」

「サラサは持っていないのか？」

「ないです、ないです。私には使い道がないですし。仮に持っていたとしても、今回は使えませんね。全員調べるには時間もコストも掛かりすぎますから」

と、そんな話をしているうちに練兵場に到着。

そこには多くの兵士たちが整列して、私たちを待っていた。

大半を若者が占めているのは、病気に強いという条件で集めたことも一因だと思うけど、それに加えて、現在の領軍は若者で多くを構成しているという現実もある。

その原因はやはり、カーク準男爵家の取り潰し。

問題のある兵士たちを追い出し、新兵を募集した結果、否応のない若返り。

不正が一掃されたのは良いのだけど、ベテランが減って戦力低下が問題に――なるかと思ったら、実はそんなに影響は出ていないらしい。

悲しいかな、元々大して練度が高くなかった上に、不正をして甘い汁を吸うような者が使えるはずもなく、むしろ真面目に頑張る分、新兵の方が余程良いらしい。

今並んでいる人たちもその表情に緩みはなく、任務に対する意気込みが――。

「傾注！　これよりサラサ様より訓示がある！　総員、気を付け‼」

――え、それは聞いてない。何となく緩い感じで、『は～い、あなたは魔力が多いからこっち。頑張って！』と選ぶつもりだったのに。

しかし、全員がザッと姿勢を整え、こちらを注視しているこの状況。

さすがにそれを言えるほど、私の心臓は強くない。

私は虚勢を張ってゆっくり足を進めると、必死に頭を回転させ、おもむろに口を開く。

「……既に通達があったかと思いますが、この町の南東にあるグレンジェの港町で疫病が発生しました。それに伴い、私はグレンジェの封鎖を決定、皆さんの半分はその作戦に従事を、残りは支援に当たって頂きます」

私はそこで言葉を切り、兵士たちの顔を見回す。

動揺している様子は……ない。

良かった。この時点で動揺されてしまうと、使える人員がいなくなるところだった。

「疫病を小規模で封じ込めることができるか。それとも蔓延を許し、大きな犠牲を出すか。それは皆さんの頑張りに懸かっています。このロッホハルトを、延いては自分たちの暮らすこの町を守るため、皆さんの精励を期待します」

「サラサ様に、敬礼！」

全員からビシッと揃った敬礼をされ、私も見よう見まねで答礼、団長に顔を向けて言葉を続ける。

「では、分けていきます。まずは全体を左に寄せて――」

◇　◇　◇

私が兵士の選別を行った翌日、領軍はグレンジェに向かって移動を開始した。

順調に行けば五日ほどでグレンジェの封鎖が完了する予定である。

当然それにはマリスさんも同行しているのだが、彼女とその護衛たちは軍よりも先行してグレンジェに入り、活動を始めることになっている。

そして、それを見送った私は、朝から書類の処理と情報収集に追われていた。

人や物を動かす以上、それらを書類に纏めて、決裁作業が必要となるのは当然。

特に物資に関しては難しく、下手に他の町から動かしてしまうと、疫病が蔓延した場合に困るかもしれなし、根本的に書類上の在庫が本当に存在するのかという問題もある。

なので、書類上の在庫と実際の在庫の突き合わせを行いつつ、今後の疫病の広がりを予測、必要となる物資の量や配置すべき場所など、クレンシーやアイリスと相談しつつ、複数のパターンで立案していく。

だが、現状では不確定要素が多い上に、私も初めて経験する状況。

立てられる計画も大雑把なものにならざるを得ず、その作業は取りあえず一日で一旦終了とし、その次の日はアイリスと一緒にレオノーラさんとの話し合い――より正確に言うなら、ヨック村にいるミスティとロレアちゃんも含めた話し合いに赴いた。

場所はレオノーラさんのお店の、共音箱が設置してある部屋。

そこに集まった私たちは、起動した共音箱を囲み、声を掛ける。

「ミスティ、ロレアちゃん、聞こえる？」

時間的には二人とも起きているはず。共音箱の音が聞こえる場所にいるだろうと、しばらく待っていると、やがて向こうからの返答が聞こえてきた。

『――はい、バッチリ聞こえます！』

『サラサさん、お元気ですか？　体調を崩していたりはしませんか？』

「大丈夫だよ。私は疫病の発生しているグレンジェには行ってないしね」

『良かったです。無理はしないでくださいね？』

「うん、ありがと」

まだ二日なのに、何だかロレアちゃんの声を懐かしく感じてしまうのは、彼女が私にとって、日常の象徴となっているからかな？

『アイリスさんはどうですか？　疲れていませんか？』

「問題ない。サウス・ストラグまでちゃんと走れたぞ。――だよな？」

アイリスが確認するようにこちらを見るので、私も頷き同意する。

「ですね。全力で走ったわけじゃないですが、十分に速かったかと」

『そうですか。安心しました』

『サラサ先輩、疫病対策は順調ですか？』

「まだ動き始めたばかりだよ。グレンジェの封鎖に軍を派遣して、疫病の調査にマリスさんを送り出して、今後の対策を検討して……状況の把握に努めている段階かな？」

『マリスさんって、以前、ここに来ていた人ですよね？　大丈夫ですか？　借金をして自分のお店を潰しちゃった人なんですよね？』

面識はあれど、詳しくは知らない――というか、私がそんな情報しか伝えていないからだろう。何だか不安そうなミスティの声色に、レオノーラさんが笑う。

「大丈夫よ。あれでも十分に優秀だから。特に病気に関しては、かなりのものよ？　私はもちろん、きっとサラサも敵わないわね」

『そんなにですか……？』

「私も詳しくは知らないけど、おそらくは？　もっともマリスさんは商売が下手なだけで、普通の錬金術師としても結構優秀だから。――あ、商売といえば、ミスティ。レイニーに会ったよ。手紙を渡して協力をお願いしたから、知らせておくね」

『良かった、まだいたんですね。兄もたまには役に立ちます』

「今回はかなりのお手柄だよ？　最初に疫病の発生をサウス・ストラグに知らせたのはレイニーだから。彼がいなければ、あと数日は対処が遅れていたかな」

『……本当に？　あの兄が？』

「疫病発生の兆候を捉え、すぐに知らせに来てくれたみたい。案外有能だよね――って、案外って言うのは失礼か」

『いえ、まったく問題ありません。でも、えっと……、その……』

　きっぱり断言しつつも、何か訊きたげに言葉を濁すミスティに、私は「うん」と頷き、言葉を続ける。

「レイニーの体調に問題はなさそうだったよ。今後の流れとしては、船を沖合に出してもらって、そこでしばらく検疫。何事もなければそのまま食糧の輸送に従事してもらうつもり。もちろん、発症する人がいればすぐに治療するから心配しないで？」

『べ、別に心配なんてしてませんけどっ。……ありがとうございます』

明らかに心配している台詞だよね、それ。

案外恥ずかしがり屋さんで可愛いミスティに、私は小さく「ふふふっ」と笑いを漏らしつつ、ロレアちゃんに尋ねる。

「ロレアちゃん、ヨック村の方では？　何か問題は？」

『疫病について皆さんにお知らせしましたが、特に混乱は起きていません。アンドレさんたちは、「協力できることがあれば、いくらでも協力する」と言ってくれました』

『公衆浴場の方も問題なしです。入浴剤を入れた物珍しさもあってか、毎日盛況なようです。もっとも、開業したてってこともあると思いますけど』

「それはあるかもね。その状況が続いてくれれば良いんだけど……」

私がヨック村を出た日が正式オープンだから、本当に始めたばっかり。

馴染みがないから敬遠されるかも、という不安が杞憂に終わったのはありがたいけど、逆に慣れてしまった後、続けてくれるかが問題だよねぇ。

『あと、エリンさんがしばらくの間、入浴料を値下げするって言ってました。小さな村で疫病が発生したら死活問題だからって』

「それは……大丈夫かな？　元に戻したとき、文句を言われない？」

『期間限定ってしっかり告知するそうですし、エリンさん曰く、「一度、毎日身体を洗う良さを知ったら、逃れられないわ」って。未来の顧客への先行投資らしいですよ？』

「あぁ、それは解る。私もサラサの所で毎日お風呂に入るようになって、他人の臭いが気になるようになったからなぁ」

「採集者の固定客化を狙うってことかな？　身体が綺麗な状態に慣れたら、汚れたままでいるのは不快だろうし。さすがエリンさん、上手いこと考えたね」

それでも気にしない人はいるだろうけど、同調圧力というものもある。

いくら採集者でも、周囲が小綺麗な格好で過ごしている中、一人汚れたままだったら、酒場などでも肩身が狭いだろうし、一緒に組もうとする人も減るだろう。

「綺麗にするのが普通になるとありがたいんだけどねぇ、お店をやる立場としては」

『ははは……、採集者の人はどうしても汚れますからね』

『だよねっ！　サラサ先輩の空気清浄機がなかったらと思うと！』

「サラサの所だとそうなるわよねぇ。採集から戻って、その足で店に来るだろうから。ウチは街中にあるからか、案外そういう客は少ないけど」

サウス・ストラグにも採集者はそれなりにいるのだが、やはりメインは商業の町。

あまりに小汚い格好で歩いていると周囲から白い目で見られるため、レオノーラさんの所は素材を売りに来るにしても、ある程度は身だしなみを整えてから来るらしい。

「ヨック村は好きですが、その点は羨ましいですね。――さて、近況報告はこれぐらいにして、具体的な話し合いをしましょうか。私たち、錬金術師にできることを」

「そうは言っても、今の段階では大したことはできないわよ？　マリスが要求してきた素材を集めて送るぐらいだけど、あいつはウチにある錬成薬に使う素材は全種類持っていったから、追加の要求があるのは疫病の詳細が判明してからだろうね」

『そうなると、今ボクたちができるのは、一般的な錬成薬――解熱剤や痛み止め、体力回復、病気予防などの作り置き、でしょうか？』

ミスティのその提案を聞き、アイリスがハッとしたように私を見た。

「その病気予防の錬成薬って、私が大怪我をした時に飲ませてくれた物だよな？　それで疫病対策ができたりはしないのか？」

「おそらく、ある程度の効果は見込めると思います。ですが――」

「現実的ではないわね。それって抗病薬――身体が弱っている場合に飲ませる錬成薬でしょ？　庶民が買うのは厳しい値段よ？」

「はい。当然ながら領主が買い取って配るのも無理です。確実に破綻します。そもそも、領民全員分を作るのなんて不可能ですし」

具体的には、庶民が一年間働いてようやく一本買えるぐらい。

　あまり長く効果が続く物でもないので、こんな物を定期的に買っていたら、大半の人は疫病の前に飢餓に殺されることだろう。

「でも用心のため、薬系の素材の買い取りは強化しておいてくれる？」

『了解です。でも良いんですか、サラサ先輩？　あまり無制限にやると、素材が無駄になってしまう可能性もありますけど』

「そこはミスティを信用している。素材そのままだと日持ちしないけど、ミスティならきちんと下処理できるでしょ？」

　これは、ロレアちゃんだけでは、できなかったこと。

　成分のみを抽出したり、乾燥させて粉末にしたり、魔力を注いで質を変えたり、一次加工品にしておけば保存性はずっと良くなる。

　その代わり、加工技術が劣っていると、品質の良い素材も台無しになっちゃうんだけど、その点、ミスティの腕は信用できるからね。

「それに私も、タダ働きをするつもりはないよ。少なくともかかった経費と人件費ぐらいは、ロッホハルトの予算からぶんどってくるつもりです！」

　職権乱用？　いやいや、そんなことはない。これは正当な報酬。

　ロッツェ領のことならば領主（わたし）の仕事だけど、ロッホハルト領はただの代理だから。

何が悲しくて、無報酬で神経を磨り減らさないといけないのかと‼

「サラサ、何なら他の村や町の採集者にも知らせるか？　ヨック村には他の場所から来た採集者も多い。サラサが頼めば、呼び掛けることはできると思うぞ？」

そうすれば、確かに素材は集まるとは思うけど……。

しかし、少し悩み、沈黙する私に先んじて、レオノーラさんが否定する。

「それは止めた方が良いわね。疫病の詳細も判っていないのに、あまり大々的に動くと不安ばかりが広がりかねないわ。せめて対策を纏めてからにした方が良いでしょうね」

「そうですね。となると、今の私たちにできるのは――」

「待つことでしょ。あなたはドンと構えているぐらいで良いのよ。人を動かすことを学びなさい。具体的には、あの爺さんに上手く使われないようにすべきね」

「うっ。でも、私を呼び出したのはレオノーラさん……」

そんな私の抗議にも、レオノーラさんはしれっと応える。

「そりゃ、私はこの町が潰れてもらっちゃ困るからね。必要なら呼ぶわよ？」

なるほど、これが人を動かすということ――‼

「ま、全権代理としての仕事は承認するだけぐらいにして、ある程度自由に動けるようにしておけば良いんじゃない？　逆に爺さんに仕事を押し付けるぐらいのつもりで」

「了解です……。それじゃ、ロレアちゃん、ミスティ、そちらは少し買い取りを増やすぐらいで、他は平常通りでお願い。また何かあったら連絡するから」

『解りました。任せてください』

『ボクも頑張ります。サラサ先輩も頑張ってください！』

「うん、またね。……ふう」

共音箱を切って小さく息を吐くと、レオノーラさんが私を窺うように見る。

「サラサ、魔力は大丈夫なの？　結構長く話していたけど」

「あ、それは問題ないです。このぐらいなら」

「へぇ、さすがね。私だと、あの時間は保たないわ」

「魔力の多さが私の持ち味ですから」

共音箱も魔力消費は多いけど、転送陣に比べればどうということもない。

「あとは、マリスの連絡を待つだけか。上手くやっていれば良いのだが……」

「さすがにまだ着いていないと思いますよ？　グレンジェまでは距離がありますし――あ。レオノーラさん、あちらにも錬金術師はいますよね？　その人との連携は……？」

詳しく把握していないけれど、グレンジェほどの町に錬金術師が一人もいないとは考えにくい。少しでも早く疫病について把握するため、急いでマリスさんを派遣したけれど、現地の錬金術師であれば、より詳しい情報を持っている可能性が高い。

「もしかしたら、病気の詳細や治療法だって――」

「それは期待しない方が良いわね。あそこの錬金術師には。ほら、グレンジェって立地が良いでしょ？　港町だから、外国の素材も入って来やすいし、国内の素材も流しやすい。錬金素材を右から左に流すだけで儲かるのよ」

グレンジェにいる錬金術師は、そんな美味しい立場を奪われないよう、他の錬金術師の排除に血道を上げ、自身を高めることには興味もないのだとか。

「実のところね、マリスが以前店を開いていたのって、グレンジェなのよ」

「なんと！　それじゃマリスは、その錬金術師のせいで――！」

アイリスが憤慨して声を上げるが――。

「いえ、あんまり関係ないわね」

「ガクッ。グ、グレンジェで店を開いていたんだよな？　何故？」

「もちろん、まったく影響なしってことはないだろうけど、マリスの借金は儲けを考えず、自分の研究にばかり力を入れたのが主因だから」

「それでも、マリスさんがグレンジェに行ったら邪魔されたりするんじゃ……？」

「それぐらいは自分でなんとかするでしょ。幸い相手は平民落ちした貴族、まだ伯爵家に籍が残っているマリスがその気なら、どうとでもなるわ。領主代わりであるサラサの要請で行っているんだから」

　錬金術師は領主の命令に従う義務はないとはいえ、事は疫病の対策。病気や怪我の治療は錬金術師の大事な役割の一つであり、それを邪魔するようなことは国の方針に反する。

　ああ見えてマリスさんも戦える人だし、護衛だってついている。レオノーラさんの言う通り、あまり心配はないのかな、と考えていると、部屋の扉がノックされ、レオノーラさんのパートナーであるフィリオーネさんが顔を覗かせた。

「ノーラ、ちょっと良いかしら？」

「どうしたの、フィー。昼食ができた？」

　窓の外を見てそんなことを言うレオノーラさんに、フィリオーネさんはやや呆れたように応えつつ、私の方へ顔を向けた。

「違うわよ。そっちは今作ってるところ。用事があるのはサラサちゃんの方。さっき連絡が来て、お客さんが来ているから領主館へ戻ってきてください、だって」

「お客さんですか？　一体誰が……」

　普通の報告ならクレンシーが受け取るだろうし……フォード商会かな？

「そこまでは言っていなかったかな。特に慌てた様子はなかったけど」

「そうですか。アイリス、取りあえず戻りましょう。……あ、フィリオーネさん、伝言、ありがとうございます」

「全然。大変だろうけど、サラサちゃんも、そしてアイリスちゃんも頑張ってね？　面倒臭くなったら、ノーラに丸投げしても良いんだから」

私たちが席を立つと、ノーラに丸投げしてても良いんだから」

レオノーラさんの方は困り顔で私とフィリオーネさんを見比べた。

「丸投げって、フィー……」

「倍以上生きているんだから、それぐらいの甲斐性は見せなさい。何かあったときには泥を被るぐらいは年長者の責任だと、私は思うよ？」

「それは爺さんの方に言ってほしいんだけどなぁ……」

「あのお爺さんもねぇ……。まー、年齢が年齢だから、あまり表に立たないようにしてるのかもしれないけど……いつぽっくり逝くか、判ったものじゃないし？」

「確か、七〇半ばよね？　――ヤバいわね。今回の疫病で逝くかしれないわ」

結構真面目な顔で頷き合う二人に、私は思わず口を挟む。

「ちょ、ちょっと、お二人とも、シャレになってませんよ!?　今クレンシーがいなくなったら、疫病対策は破綻しますよ!?」

年齢的に現実味があるだけに、結構怖いんだけど⁉

魔力が多めだから普通よりは強いと思うけど、既に平均以上に生きているわけで。

「あまり外に出さない方が良いかもねぇ。もし倒れても、代替可能な方が良いだろうし。

――ってことで、ノーラ、頑張って協力しなさい。店のことは私がやるから」

「はいはい、頑張りまーす。サラサ、領主館には頻繁に顔を出すから、門番には伝えておいて。許可、出してくれるわよね？」

「もちろんです。こちらこそよろしくお願いします」

拒否する理由など何もなく、私は一、二もなく頷いたのだった。

◇　◇　◇

「サラサ殿、待たせた！」

「お、お父様⁉」

「アデルバートさん⁉　え、もう⁉」

私たちが領主館に戻るなり姿を見せたのは、アデルバートさんたち一行だった。

ケイトが呼んできてくれるとは聞いたけど、距離を考えればまだしばらくかかると思っていただけに、この時点での来訪はかなりの予想外。

しかし、その代償もあったようで、元気そうなのはアデルバートさんとウォルターだけ。その後ろにいるケイトは疲労困憊の様子だし、一緒に来ている一〇人ほどの兵士たちもかなり疲れている様子——って、あれ？　あの人たちは……。

「後ろの彼らは、雪山の時の？」

「うむ。この町の第六警備小隊だった者たちだ。彼らがウチで一番の手練れだからな」

サウス・ストラグできちんと訓練をしていた彼らと、荒事といえば害獣退治ぐらいのロッツェ領で暮らしていた兵士とは名ばかりの人たち。

元第六警備小隊の人たちの指導で訓練を受けているそうだけど、まだまだ彼らを超えるような人材は出てきていないらしい。

「……引き抜いた人員の方が上というのは、少々情けないが」

「仕方ありません。それだけ領地が平和だったと誇りましょう」

少し悔しげなアデルバートさんと、それを慰めるウォルターに、私は軽く頭を下げる。

「遠くからありがとうございます。かなり大変でしたよね？」

「少々な。だが、事態が事態だ。急ぎ準備を整え、馳せ参じた次第だ」

「凄く助かります。ですが申し訳ないことに、今すぐにはお願いする仕事が……」

ロッホハルトの領軍も人手不足とはいえ、いきなりロッツェ家の軍を組み入れるわけにはいかないし、単独で動かすには戦力的にやや心許ない。

あえて言うなら、ベイザンでの浮き桟橋関連であれば人数的には良いんだけど、あれはロッホハルトの領軍から、そのあたりが得意な人を選んで派遣する予定なんだよね。

戦いに向いている人が多いロッツェ家の軍を使うのは、ちょっと勿体ない。

そんなことを大まかに説明すると、ケイトがショックを受けたように膝に手をついた。

「そ、そんな……。私、凄く頑張って走ったのに……」

「すみません、ヨック村を出る時には、まだ状況が解らなかったので……」

「サラサ様、気にされる必要はありません。ご要望のあったとき、すぐに動ける状態にあることが重要なのですから。ケイトは鍛え方が足りないのではないか？　これからサラサ様に仕えていくというのに、そのような有様では心配だぞ？」

威厳を見せつけるようにウォルターが顰めっ面でケイトに声を掛けるが、そう言われたケイトの方は自分の父親にジト目を向けた。

「パパたちとは違って、私、ヨック村からロッツェまで、そしてサウス・ストラグまで、まともに休まず走っているんだけど？」

「それがどうした。私など、昔は数日間でも走り続けたものだ」

　しかし、そんなウォルターの自慢話は、ケイトの目を更に冷たいものにする。

「昔の栄光を語り始めるのって、年を取った証拠だと思うのよね」

「うぬっ！」

「はっはっは、言われたな、ウォルター。儂など、今でも数日程度は問題ないぞ！」

　唸ったウォルターの肩を叩きながら、アデルバートさんが朗らかに笑うが、そんな彼にウォルターから向けられたのは、その娘とよく似た冷たい視線。

「ええ、そうでしょうね。私が書類仕事している間、アデルバート様は十分な運動をされていたようですから」

「ぐぬっ！」

　今度は自分が唸ることになったアデルバートに、アイリスが追い打ちを掛ける。

「はぁ……。三人とも、急いで来てくれたのは嬉しいですが、ここは他人の目もあります。地元ならともかく、余所では少し控えてほしい」

「「「…………」」」

　一番の年少者に窘められ、揃ってばつが悪そうに目を逸らすアデルバートさんたち。

　そんな三人を見て、アイリスは小さく肩を竦めると、私の方に顔を向けた。

「それよりサラサ。あの件をお父様たちにお任せするのはどうだ？」

「あの件というと？」

「失われた錬成具とジョーゼフのことだ。すぐに影響はないかもしれないが、対処せずに放置するのは、少し心配だろう？」

「それはそうですが、アデルバートさんに向いた仕事かどうか……」

「サラサ殿。儂らにできることなら、何でも言ってくれ」

躊躇う私にアデルバートさんがそう言うので、「それではお言葉に甘えて」と、軽く事情を説明すると、彼は「ふむ」と頷く。

「なるほど。確かに儂はあまり得意とは言えない分野だな。ウォルターと隊長のマディソンから話を訊くべきだろう。どうだ？」

アデルバートさんに話を向けられ、ウォルターとマディソンはすぐに頷く。

「ここは引き受けるべきかと。残念ですが私たちに疫病に関する知見はありません。しかし、調べ物であれば多少は役に立てるかと」

「俺も同意見です。幸いこの町であれば、顔も利きます。今の警備隊の隊長は――」

「カルヴィンですね。以前の隊長は罷免されましたから」

視線で尋ねられ、私がそう答えると、マディソンは少し嬉しそうにニヤリと笑う。

「なるほど、あいつですか。あいつなら話は通じます。……顔を合わせるのは、ちっとばかし気まずいですが」

「サラサ、良いのではないか？」

「そうですね……」

　私が動かせる人の中で一番人捜しの役に立つのは、ロッホハルトの警備隊だろう。

町のことをよく知り、住民たちとも交流があり、話も訊きやすいと思うが、ただでさえ人手不足で定数も満たしていない警備隊、下手に動かすと町の治安に不安が生じる。

　そう考えると、元警備隊であり、それでいてロッホハルトの人員に組み込まれていない彼らは最適と言えるのかもしれない。

　失われた錬成具（アーティファクト）が心に引っ掛かっているのも、間違いないことだし……。

「では、お願いしても良いですか？　現在までに判（わか）っていることはさほど多くないのですが、それらは後ほど資料をお渡しします」

　――それからしばらく日数が経（た）ち、私の元にはポツポツと情報が集まり始める。

　しかし、そこから見えてきた各地の状況は、想定以上で……。

Episode 2.5

ホームグラウンド

マリスがグレンジェの町に入ったのは、サウス・ストラグを出て二日後のことだった。

同行者の護衛は三人で、一人は団長の副官の女性で名前はメリンダ。

残り二人は軍の中から選ばれた腕利き(うでき)の男性で、サウルとジャクソンである。

当然、いずれも体力は人並み以上であったが、かなりの強行軍であったことや、錬金術関連の荷物を多く背負っていることもあり、その顔には疲れが見える。

時刻は既に夕方であったが、自らも荷物を背負っていながら、ただ一人、あまり疲れを見せていないマリスは、周囲を見回して少し不思議そうに呟(つぶや)く。

「一見すると、あまり変化はないようですわね？」

時間的に慌ただしく歩いている人も多いが、切迫感などは感じられず、危機的状況にあるようには見えない町の風景。疫病の情報を得てから日も経っているため、もっと悪い状況を想像していたマリスは、やや拍子抜けしたように町の中心に向かって足を進める。

その後ろを歩くメリンダたちも同意するように頷(うなず)きつつ、マリスに声を掛ける。

「そのようですね、マリス様。まずは……？」

言外に『まずは休みますよね？』という思いを含めつつ尋ねるメリンダだったが、マリスはそれに気付かず、何かを探すように視線を巡らせる。

「まずは研究の拠点を確保して――」

「――っ、マ、マリス様、お疲れではありませんか？　あまり無理をされると、今後の治療や研究にも支障があるのでは？」

マリスは別に、他人に気を遣えないわけではない。

何かに気を取られるとその機能がオフになりがちだが、貴族である自分に直接的には言いづらいメリンダたちの心情を理解する心はあるし、必要であれば方針転換する優しさも持ち合わせている。

「この程度、問題ないですわ――と言いたいところですが、先に宿を取りましょう。さすがにこの時間から拠点の掃除をして、というのは避けた方が良さそうですわ」

慌てて口を挟んだメリンダを振り返り、他二人の護衛の顔も見たマリスは、途中で言葉を翻すと進む方向を変え、近くにあったごく普通の宿へと向かった。

安宿ではないが、決して高級とは言えない。少なくとも貴族は使わないようなそこに、マリスは躊躇う様子もなく足を踏み入れると、手早くカウンターで手続きをして部屋を二つ確保、片方の鍵をサウルたちに差し出す。

「あなたたちはもう休んで構いません。夕食やお酒はご自由に。ですが、明日は朝早くから動きますので、そのつもりで。メリンダはわたくしと一緒ですわ」

どこかホッとしたように「ありがとうございます」と鍵を受け取り、去って行く男二人を見送り、メリンダは戸惑いがちにマリスに尋ねる。

「マリス様、よろしいのですか？　私と同じ部屋でも」

「何がです？　多少、鼾や寝言が五月蝿いぐらいであれば、我慢できますよ？　でも、できれば歯軋りは控えてほしいですわ？」

「し、しませんよ⁉　……たぶん。鼾や寝言も指摘されたことはないですし」

「こういうことって、案外、言いづらいものですよね」

マリスから気の毒そうな目で見られ、メリンダは言葉に詰まる。

「ぐっ。もし五月蝿かったら申し訳――って、そうではなくですね。私、平民ですよ？」

「それがどうかしましたか？　その程度のことを気にするほど、わたくしは狭量ではありませんわ。そんなことより、わたくしたちも部屋に行きますよ」

返事を待つこともせず歩き出すマリスを、メリンダが慌てて追いかけた。

翌早朝、マリスたちは予定通りに宿を引き払っていた。

　昨日は明らかに疲れた様子を見せていた護衛の三人も、十分な食事と少しの酒、そしてきちんとしたベッドでぐっすり寝たことで元気を取り戻し、重い荷物を運びながらもその足取りは軽い。

「それじゃ、サクサクいきますわよ。のんびりしている余裕はありません」

「承知致しました。ですが、拠点に目星はついているのですか？」

「当然ですわ。わたくし、そこまで考えなしではありませんから。実はこの町には、私が以前使っていた工房があるんです。今は師匠の物となっていますが、今回は使う許可を得て、鍵を預かってきましたわ」

　借金の形として取り上げられたマリスの店ではあるが、その持ち主は債権者——つまりはレオノーラである。だが彼女は、別にお金に困っていたわけではない。

　マリスを店から引き剝がしたのは、むしろマリスを思ってのこと。放置していたらまた借金を作りかねないと、自身の管理下に置くために店を取り上げたのだ。

　そのような理由もあり、レオノーラは店を処分したりはせず、いつかマリスが再び独立するときのためと、そのまま保持していたのだが、今回はそれが役に立った形である。

「こっちですわ！」

　勝手知ったる他人の我が家。

たとえ人手に渡っていようとも、慣れ親しんでいた家までの道を忘れるはずもなく、マリスはレオノーラから借りた——マリス視点では取り戻した鍵を右手に握り、その手を嬉しそうに振って、駆けるような足取りで先へ進む。

「お、お待ちください！」

「マリス様！　あまり先に行かれると、安全の確保が……」

「大丈夫ですわ？　この辺りは治安が良いですから」

マリスはそう言うが、状況が状況である。不測の事態もあり得ることを考えれば、油断はできず、護衛の三人は慌てて彼女の後を追いかける。

「ふふふー。ここで成果を出せば、師匠だって『その鍵はもうあんたの物よ』と言ってくれるに違いないですわ～」

やや暢気なことを呟いているマリスを先頭に、彼女たちは町の中心部へ。

一行が足を止めたのは、商業区域の一角だった。

「変わりのない——とは言えませんわね。やっぱり、汚れてしまっていますわ」

そこは久し振りに見る自分の城——だった店。

どちらかといえば、都会に分類されるグレンジェでもかなりの好立地。

さりながら、敷地面積はサラサの店よりも広く、しかも三階建ての立派な建物。

開業資金の差が明確に見て取れるが、結果として成功しているのはサラサであるあたり、何とも皮肉な話である。

「ですが、荒らされたりしていないのは、幸いでしたわ」

彼女がここを離れて一年ほど。治安の良い場所であったことに加え、レオノーラが業者に管理を頼んでいたため、建物に荒らされた様子は見えない。

マリスはそのことに安堵の息を吐くと、すぐに鍵を開けて中に入り、窓を開け放つ。

「中も問題はないですね。でも、埃っぽいので、まずは掃除からですわ。あなたたちも手伝ってください」

マリスはそう言いながら自身が率先して掃除に取り掛かり、その姿に急かされるように、メリンダたちも慌てて背負っていた荷物を置き、文句も言わずに手伝いを始める。

護衛としてそれが正しい姿かは疑問の残るところだが、マリスは護衛対象でありながら、単独で戦えば彼らよりも強い上に、貴族で、錬金術師で、今回の疫病対策のキーパーソン。数え役満という感じであり、とても逆らえるはずもない。

「不潔であれば、それだけ病気に罹りやすくなります。死にたくなければ、各自、頑張りを期待しますわ～」

そんな激励なのか、脅しなのか、微妙な言葉に背中を押され、動き続けること二時間あまり。マリスからの合格が出て掃除は終了、四人で背負ってきた錬金術に関する道具や素材も、無事に工房へと片付けられていた。

「皆さん、お疲れさまでした。さすが、兵士だけあって体力がありますわね」

満足そうに微笑んで労うマリスに、ジャクソンとサウルは苦笑して頭を掻く。

「ははっ、兵舎の掃除は厳しくやらされますからね……」

「汚ねぇと、兵長にぶん殴られるんだよなぁ」

「そういうとこ、理不尽だよなぁ、兵士ってよ」

通じ合う二人はウンウンと頷き合うが、そこに口を挟むのは通じ合わない一人の女性。

呆れたようにため息をつき、肩を竦める。

「何を言っているんですか、あなたたちは。綺麗にすれば問題ないことでしょう？　できてないから殴られるんです」

「メリンダ副長……。だが、口で言えば良いと思わないか？」

「入隊した頃のあなたたちが、言われて素直に従いましたか？　上下関係から叩き込まなきゃいけないこちらの苦労も理解しなさい。野生の獣じゃないんですから」

「まぁ、そうなんですの？」

「はい。兵士なんて、力自慢の乱暴者が入ってくることが多いですから。優しく諭して教育するほど、余裕はないんですよ。入隊したばかりなんて、それこそ掃除の仕方すら知らなかったりしますから」

「はっはっは、違いない。もうちょい上品なヤツらは、警備隊に入るしな！」

「いやいや、ジャクソン。俺は野生の獣よりはマシだったぞ？　一緒にしないでくれ」

「……そういえば、お前はトイレの躾ぐらいはできていたな？」

「そうそう。最近の若いヤツらは、所構わずマーキングして――って、なんでだよっ！　さすがにそんなヤツらはいねぇわ！」

　サウルがジャクソンにビシリッとツッコミを入れ、メリンダが肩を落とす。

「マリス様、下品ですみません。コイツら、これでもマシな方なんですよ？　最近は色々あって新兵も増えましたし、躾ける苦労を思うと、頭が痛いです」

　ため息をつくようにメリンダが零すが、すぐに片頬を引き攣らせるように上げて「くくくっ」と暗く笑うと、呟くように付け加える。

「――色々でクズどもが消えたのは、大変ありがたかったですけど」

「怖っ！」

　ジャクソンたちは声を揃えつつ、同情を込めて小さく笑う。

「風通しが良くなって、俺らも楽になったのは間違いないが……」

「メリンダ副長、滅茶苦茶ストレスを溜めてたからなぁ」

「なるほど、領軍も大変なんですのね。状況が許せばお茶の一つでもお出ししたいところですが、残念ながらそうもいきません。早速、現地調査に向かいますわ」

マリスがそう言うと、メリンダたちもすぐに表情を引き締め、当然と頷く。

「了解です。どこに向かわれますか？」

「疫病が最初に発生する場所には一定のパターンがあります。この港町であれば――」

「すみません」

「「――っ！」」

マリスの言葉を遮るように突然、第三者の声が聞こえた。

護衛たちがビクリと震えて振り返ると、店の入り口付近に立っていたのは、大した特徴もない、平凡そうに見える一人の女性。

しかし、それなりに鍛えている護衛である自分たちが、その距離に近付かれるまで気付かなかったことにメリンダたちは表情を険しくし、一斉に武器に手を掛けた。

「何奴っ！」

メリンダが厳しく問いかけ、ジャクソンたちもマリスを守るように位置取りを変えるが、そんな護衛たちとは対照的に、マリスはどこか『のほほん』と小首を傾げてその人物を見ると、確認するように尋ねた。

「あら？　あなたは……殿下の影ですか？」

「影？　影とは――え、殿下？」

どこか信じられない、いや、信じたくなさそうなメリンダたちを尻目に、笑みを浮かべた女性は頷く。

「ご明察です。錬金術師のマリス・シュロット様ですね？」

「そうですわ。あなたは？」

「私はただの影。影三号とでもお呼びください」

右手を額に当て、少し斜に構えて芝居がかったように告げる女性。だが――。

「影三号……。では、かげさんですわね。それで、かげさんがこの町にいるということは、やはり殿下も……？」

少しばかしズレたマリスの反応。そのことに微妙に不満げな様子を見せつつも、さすがに文句を言うつもりはないようで、かげさんは頷く。

「はい、殿下はこの町に滞在中です。ですが、少々問題が発生しました。申し訳ありませんが、シュロット様には殿下がいらっしゃる宿までお越し頂きたく思います」

「この状況で問題――何が、とは訊くまでもありませんわね。急ぎます」

即座に頷いたマリスは工房に駆け込むと、薬の詰まった鞄を摑んだ。

かげさんに案内された宿屋は、マリスたちが昨晩泊まった場所に比べると、明らかに高級な雰囲気を漂わせていた。

少なくとも、平民であるメリンダたちではちょっと泊まれそうもない、そんな宿ではあるのだが、それが王族が泊まるに相応しいかと言われれば、やや疑念が残る。

それにはフェリクがお忍びで訪れたことや、彼自身があまり華美を好まないことも影響しているのだろうが、その辺りのことをよく知らないメリンダたちは、戸惑いと疑いの混じった視線をかげさんに向けた。

本当に信用して大丈夫なのか。マリスに注意を促すべきか、メリンダは迷うが、マリスの方はそんなことには一切頓着せず、急かすようにかげさんの背中を押す。

「さあさあ、早く案内してくださいですわ」

「部屋は最上階になりますが……シュロット様以外はこの場でお待ちください」

「そ、それは……」

マリスは護衛対象であり、上司からは絶対に守るように言われている。

原則から言えば、傍を離れることなどあり得ない。

しかし、かげさんの言葉、そしてマリスを信じるならば、相手は王族。

メリンダたちからすれば、極力近付きたくない人種であり、許されるならば、この場に残りたいというのが本音である。

どうしたものかと、判断を委ねるようにマリスを見れば、彼女はその視線に応えて深く頷き、あっさりと告げる。

「大丈夫ですわ。かげさんがその気なら、わたくし、既に死んでますわ？」

「そのようなことは致しませんが……シュロット様の安全は保証致します」

かげさんの薄い笑みに、メリンダたちは不安を掻き立てられるが、マリスは気にした様子も見せず、肩を竦める。

「そういうことですので、ちょっと行ってきますわ。皆さんはここの食堂でゆっくりしていてください。飲食も自腹なら自由ですわ？　あ、お酒は除きますけど」

「私たちの懐事情で、この宿は厳しそうですが……承知しました。お気を付けて」

少し力の抜けたメリンダたちに見送られ、マリスは階段を上った。

部屋に入って最初に聞こえてきたのは、苦しそうな呼吸音。

そのことにマリスは一瞬足を止めたが、すぐにベッドの上に横たわる人影を認め、そちらに近付いて恭(うやうや)しく頭を下げた。

「フェリク殿下、お初にお目にかかります。マリス・シュロットですわ」

「……良く、来て、くれました」

ぜい、ぜいという喘鳴(ぜんめい)交じりの声が掛かり、マリスは顔を上げる。

そこにあったのは明らかに顔色が悪く、頬も瘦(こ)けたフェリクの姿。

サラサに見せていた、飄々(ひょうひょう)としながらも貴公子然としていた容姿は失われ、身体(からだ)を起こすことも儘(まま)ならない。それを見て取ったマリスは視線を鋭くし、ベッドに近付くと治療者としての目で彼を観察する。

「顔が赤く、発汗もある。それから呼吸も苦しそうですわね。殿下、自覚症状は？」

「頭痛と、発熱……息も、苦しいです。関係があるか、判(わか)りませんが、少々、右手の指が、動かしにくくなって、います」

「右手の指……拝見しても？」

フェリクが頷き了承すると、マリスはベッドの上に投げ出されていた彼の腕を取り、その指先にそっと触れる。

「……触った感じは、多少筋肉が硬い感じですね。まったく動かないのですか？」

「ほぼ、動きません。手首は、多少、動かせますが、それも日々……」

「詳しく伺いたいところですが、苦しそうなご様子。先に治療を行いましょう」

「治せるのですか⁉」

それまで黙って控えていたかげさんが勢い込んで一歩前に踏み出すが、そんな彼女をマリスは不思議そうに見返す。

「まぁ、かげさん。そのためにわたくしを連れてきたのでは？」

「もちろんそうなのですが、この町の医者や錬金術師はまったく役に立たなかったので」

「その辺の木(こ)っ端(ぱ)と比較されても困るのですわ？　これでもわたくし、優秀なのです。近隣では師匠とサラサさんぐらいにしか、負けませんわ――きっと。あぁ、近隣ではないですが、サラサさんのお師匠様にも、当然勝てませんわ」

　解(わか)る人には解るが、解らない人にはさっぱり解らない。

　普通に聞けば凄(すご)いのか、凄くないのか、判断に困ることを言われ、かげさんは問うようにフェリクを見るが、彼は辛(つら)そうに無言で頷くのみ。

「もっとも、今のところは治すというよりも症状の緩和、ですわ。詳細が判らないまま、下手な錬成薬(ポーション)は使えませんもの。かげさん、コップを複数用意してください」

「かしこまりました。すぐに！」

マリスは鞄からいくつもの瓶を取り出すと、それらをテーブルの上に並べ、かげさんが用意したコップに一つずつ計量しながら入れて、しっかりとかき混ぜる。

「まずはこちら。熱を下げる薬、痛みを緩和する薬、呼吸を楽にする薬ですわ。数分ほど間を空けて、全部飲んでください」

「え、ぜ、全部ですか？　結構な量がありますけど……」

「当然ですわ？　お薬ですもの」

特別大きくはないけれど、小さくもない。

そんなコップに八割ほど満たされた薬が三杯分。

たとえそれが水で、元気なときであったとしても結構辛そうな量を飲めと、あっさり言うマリスに、かげさんは非難がましい目を向けるが、フェリクが左手を伸ばすのを見て、慌てたようにその手にコップを握らせ、支えるようにして口元まで運ぶ。

「大丈夫ですか？　殿下」

「問題、ありません。味は、酷（ひど）くない、ようです」

何度も息継ぎをしながら、フェリクがようやく一杯目を飲み干す。

そして、マリスをフォローするようなことを口にするが——。

「いいえ、酷い味ですよ？　味を感じない薬も混ぜているだけですわ？」

「「………」」

　色々と台無しなマリスの発言に主従が沈黙する。

　しかしマリスは、それをまったく気にせず、次のコップをかげさんに差し出した。

「しばらく休んで二杯目を。こっちは臭いもきついですが、あまり感じないはずですから、ご安心、ですわ？」

　そして、二杯目、三杯目。

　苦行にも思える作業をフェリクがやり遂げて数分ほど経つと、苦しげだった彼の様子が明らかに変わってきた。

　まずは絶え間なく聞こえていた喘鳴が治まると、赤みを帯びていた顔色も次第に平常へと近付き、三〇分もすると身体を起こせるまでになったのだ。

　その劇的というべき効果に、フェリクだけではなく、傍で見守っていたかげさんまで驚きに目を瞠る。

「凄いですね。ここまで効くとは……」

「殿下、効かなければ、薬ではありません」

「それはそうなのでしょうが……これまでが、これまででしたので」

「はい。高い金を要求しながら、効果のない薬を渡すだけでした。……飲みやすさだけは、シュロット様の薬に勝(まさ)っていましたが」

「良薬、口に苦し、ですわ？」

「まったくその通りですね。アイツら、殿下が王都に戻ったら、どうしてやろうか……」

「錬金術師はともかく、地方の医者なんてそんなものですわ。困りものです」

小さく呟(つぶや)き、暗い笑みを浮かべるかげさんの様子に、マリスは窘(たしな)めるでもなく諦め気味に肯定すると、「それよりも」と言葉を続ける。

「楽になったのであれば、経緯を伺いたいですわ。具体的に、詳細に」

少し詰め寄るようにマリスがフェリクに近付くと、それを遮るようにかげさんが動き、口を挟んだ。

「それは私からお話しします。殿下は気になったところを指摘してください」

「ええ、それでお願いします。マリスさんも良(い)いですか？」

「もちろんですわ」

マリスとしては詳細が知りたいだけ。誰が話そうと問題はない。

ベッドから身を引いて、傍に置いてあった椅子を引き寄せて腰を下ろすと、かげさんは「それでは」と言って話し始めた。

「まずは……殿下がグレンジェに着いた時から。今から一〇日ほど前のことになります。本来であれば翌日にはサウス・ストラグへと向かう予定でしたが……」

「私の体調が思わしくなくてね」

サラサたちと同じルートで、船でグレンジェへと向かったフェリクであったが、好天に恵まれたサラサたちとは異なり、荒天に祟(たた)られた彼らの船旅は酷いものだった。

それは船乗りからすれば最悪というほどのものではなかったが、海に慣れていないフェリクにとっては耐えがたいものであり、激しく揺れる船で吐き気と戦い続けること数日、上陸した時点で彼は既に憔悴(しょうすい)状態にあった。

そんな体調で翌日すぐ、また何日も馬車に揺られるのはさすがに無理があると判断。フェリクが回復するまではと、グレンジェに滞在することを決定した。

「しかし結果から見れば、その決定は間違いでした。体調の悪化の原因が、船酔いにあるのか、病気にあるのか、そのあたりの判断は難しいのですが――」

「事実だけを伝えて頂ければ、よろしいですわ」

「解りました。発熱が始まったのが港に着いた翌日。それに伴い、頭痛と吐き気が、三日目には呼吸困難が見られました。指の硬直は二日目には始まっていたように思います」

マリスが確認するようにフェリクを見るが、彼も無言で小さく頷(うなず)く。

「う～ん、船酔いに伴う体調の悪さと病気由来の症状、切り分ける必要はありますが……吐き気以外は病気の症状と考えても良さそうですわ。しかし、ここで感染したにしては症状が出るのが早い。もしかすると、その船が病気を持ち込んだのでしょうか？」

現在でも酷い蔓延状態にはなっていないのに、一〇日前の話である。

いくらフェリクの体力が落ちていて、病気に罹りやすい状態だったとしても、あまりにも感染から発症までの時間が短い。

もしや、早くも感染源が発覚したかも、と期待したマリスだったが、そんな甘々な考えは、かげさんによって否定された。

「その確率は低いかと。確認したのですが、その船で病気に罹っている人はいませんでした。実はその船の船員から、疫病発生の可能性を示唆されたのですが……シュロット様は疫病の対応にこちらに来られた、ということでよろしいのです？」

「その通りですわ！　――というか、かげさんはそれを知らずに、わたくしを引っ張ってきたのですか？」

マリスがやや呆れたようにかげさんを見るが、彼女はしれっと答える。

「使えそうでしたので。目的は二の次です。私たちも余裕がありませんでしたから」

「おかげで私も随分と楽になりました。マリスさんをこちらに寄越してくれた人に感謝しなければいけませんね。疫病の兆候まで摑んでいるようですし……クレンシーですか?」

それは事実確認をするような口調だったが、マリスは少し考えて首を振った。

「サラサさんの指示——と言うのが正しいかは微妙ですが、責任者はサラサさんですわ。彼女はロッホハルトの全権代理のままでしたから」

「なるほど。権限的には正しいですが……。サラサさんには悪いことをしましたね」

全権代理に任命したこと自体、半ば報酬代わりの口実であったため、今回のことでクレンシーが四角四面に対応したことは、フェリクとしてはやや予想外であった。

しかし、カーク準男爵家がお取り潰しとなった時に、温情で救われたクレンシーは瑕疵が絶対に許されない立場。フェリクが問題としなくても他の貴族がそうとは限らず、サラサに迷惑を掛けることになったとしても、彼として今回の対応は不可避だった。

「真夜中にヨック村から呼び出され、少し不満そうでしたわ?」

「ハハ……、盗賊対応でも頑張って頂きましたし、何か考えておかないとマズいですね」

サラサ本人はともかく、その師匠はあのオフィーリアである。

都合良く使った、などと勘違いされようものなら、どんな目に遭うか。

地位的にはもちろん彼の方が上なのだが、教育係だったという関係性もあり、未だにオフィーリアには頭が上がらないフェリクである。

「しかし、感染した私たちですら、はっきり摑んでいない疫病の兆候を把握するとは、この町の代官は優秀なのでしょうか？　考えを改めるべきかもしれませんね」

「いえ、代官は関係ないですわね。サラサさんに恩のあったハドソン商会が、大急ぎで知らせてきたようです」

「ハドソン商会？　殿下がご利用になったのも、その商会の船ですね。もちろん身分は明かさずに、ではありますが」

「まぁ。世間は狭いですわね？」

　などと、少し驚きを口にするマリスであるが、実際のところ、王都付近からグレンジェに直通の船を出しているのは、現状ではハドソン商会のみ。つまり最短の海路を選べば、自ずとハドソン商会を使うことになり、偶然でもなんでもなかったりする。

「さて、殿下。そろそろ殿下ご自身のご病気や今回の疫病への対応について、お話しさせて頂きますわ。わたくしのお仕事ですから」

「あぁ、そうですね。思った以上に薬の効果があって、これなら――」

　表情を改めたマリスに対し、フェリクは安堵したように言葉を漏らす。

　しかし、それを遮るようにマリスが口を挟んだ。

「症状を抑えているだけですわ？　薬が切れたら元通りです」

「……そうなのですか？」

至極当然とばかりに言われ、フェリクが戸惑いを見せるが、マリスは普通に頷く。

「当然ですわ。多少悪質なだけの風邪なら、あれで治るとは思いますが……」

言葉を濁したマリスが見るのは、動かないフェリクの指。少なくともマリスの知る限り、短期間でそのような症状を起こす風邪など聞いたこともない。

「素材的にもあれを継続的に処方するのは難しいですし、身体（からだ）にも良くないのです。なので、少し効果を抑えた物と、これの服用をお勧め致しますわ」

マリスが取りだしたのは、得体の知れない真っ黒な液体で満たされた小瓶。

見るからにアレな薬に、フェリクたちの眉根を寄る。

「シュロット様、それは……？　先ほどの薬よりも更に怪しげですが」

「怪しげとは失礼ですわ。これは病気の進行を遅らせる錬成薬（ポーション）ですわ！」

「既にそんな薬が……？」

先ほどの薬は効いたが、疑念は抑えきれない。

そんな視線をかげさんから受けつつも、マリスは自信を持って胸を張る。

「えぇ。わたくしが作りました。名前は……停滞薬とでも言いましょうか。今回の病気のために作ったわけではありませんが、あらゆる病気に効くはずですわ、きっと」

「『きっと……』」

「一日に二度、スプーン一杯だけ飲んでください。眠くなると思いますが、手の硬化も抑えられるはずですわ、たぶん」

「『たぶん……』」

連続する不穏な言葉に、フェリクとかげさん主従は声を揃えて、顔を見合わせる。

「あぁ、間違っても指定量以上を飲んではダメです。おそらく、死んでしまいますわ？」

「死――っ!?　そ、そんな薬を殿下に――」

「効く薬なんてそんな物ばかりですわ。これはそれがちょっぴりシビアなだけ。いくら飲んでも大丈夫な薬なんて、薬ではありませんよ？」

「そ、それは解りますが、もっとこの病気に即した薬を――」

「どんな病気か調べるのはこれからですわ。わたくしは、そのために来たのですから。それから殿下、この町は疫病の蔓延を抑えるために封鎖されます。なのでフェリク殿下には、このままここに留まって頂きますわ」

「それっ、は……」

かげさんは一瞬声を上げ、困ったように視線を泳がせる。

心情的には疫病の発生しているような町からは連れ出したいが、馬車に揺られて別の町に移動するリスクを考えれば、それが良いとは一概には言えない。

だからこその迷いだったが、当事者であるフェリクは冷静だった。

「ふむ。それは、サラサさんの指示ですか？」

「わたくしの判断ですわ。なので、万が一、殿下が治療の甲斐なく亡くなったとしても、それはわたくしの責任ですわ」

「シュロット様っ、不吉なことを――！」

「静かに」

フェリクがかげさんを制し、じっとマリスを見る。

「マリスさんは、それが最善と考えているのですね？」

「もちろんですわ！」

間髪を入れずにマリスが答え、フェリクは瞑目して暫し考えた後、ゆっくりと頷く。

「……なるほど、従いましょう。先ほどの薬も飲ませて頂きます。正直、あなたが来るまで余命何日か、とすら考えていたのですが……病気に詳しいのですか？」

「少なくとも近隣では、一番詳しいと自負しておりますわ。それと、できれば殿下たちには、わたくしのお店に移ってほしいと考えます」

「その方が治療に都合が良いのであれば、否やはありません。ミュ――かげさん、準備を進めてください」

「殿下まで……。かしこまりました」

自称、影三号はフェリクにまで『かげさん』呼びされたことに一瞬苦笑を浮かべるが、彼にその余裕が出てきたことに嬉しさも見せつつ、すぐに恭しく頭を下げた。

マリスが宿の一階に下りていくと、そこではメリンダたちが緊張した様子でテーブルを囲み、一杯ずつ置かれたお茶を睨むようにして無言で座っていた。

食事をするでもなく、会話を楽しむでもなく、いっそ異様にも思える光景に、マリスは不思議そうに声を掛けた。

「あら、メリンダ、お茶だけですの？」

「マリス様――！　や、やっと戻って……」

救われたように顔を上げ、僅かに非難するような目を向けてきたメリンダに、マリスは目を瞬かせて応える。

「手抜きのできない治療、事情説明も含めれば、時間がかかるのは当然です」

「そ、そうかもしれませんが、店員の視線が痛くて……針のむしろでした」

メリンダが肩を落とし、無言のジャクソンたちも同意するように深く何度も頷く。

マリスが上に行って数時間。その間、護衛という立場を考えれば、どこか余所に行くわけにもいかず、かといって何もせずに立っているのも宿に迷惑。

仕方なしに席に着いて一番安いお茶を注文したのだが、それだけで何時間も粘る彼女たちに向けられる視線は、次第に厳しいものになっていき——。

「いつになれば戻ってきて頂けるのかと……」

「それなら、何か注文すれば良かったのでは？」

「高いんですよっ。——いえ、出せないわけじゃありませんけどね？　それでも手持ちには限界がありますから……」

彼女たちは決して貧乏というわけではない。

特にメリンダは団長の補佐という立場。給料はそれなりに貰っているが、それが財布に入っているかは別問題である。長期出張になることは解っていたので多めには持ってきていたが、期限がはっきりしない以上、無駄遣いはできないのだ。

「俺なんて、このお茶一杯でも結構痛いですね」

「あら、活動資金の支給はなかったんですの？」

「飲食代は自腹ですねぇ。多少の出張費は貰いましたけど……」

「大変ですわね。であれば、喜んで良いですわ。ここの支払いはあの方が持ってくださるそうですの。ちょうどお昼時です。自由に注文して良いですわよ」

「本当ですか⁉　それじゃ――」

喜色を浮かべ、何を注文しようかと腰を浮かしかけたサウルを制するように、マリスが言葉を付け加える。

「あぁ、言っておきますけど、このあとすぐに調査に向かいますわ。動けなくなるまで食べるなんてこと、しないでくださいね？」

「と、当然ですよ！」

「――くぅ、これが夜なら、タダで美味い酒を飲めたのに！」

明らかな焦りを見せるサウルと、小さく呟き悔しげに拳を握るジャクソンだが、そんな二人にメリンダが呆れたような目を向ける。

「そんなわけないでしょ。あなたたち、自分の仕事を忘れてはいないでしょうね？　これから任務が終わるまで、夜も飲めないと思ってください」

「わ、解ってますよ、メリンダ副長」

「そうそう、言ってみただけです」

「少々怪しいですが……この任務を完遂すれば、ボーナスぐらいは期待できるかもしれませんよ？」

「本当ですか～？　俺、この仕事に就いて、ボーナスなんて貰った記憶がないですけど」

「大丈夫ですよ、きっと。領軍も以前とは変わりましたから」

そう言いながら自身も信じ切れていないのか、メリンダはメニューを見る振りをして目を逸らし、ジャクソンとサウルは顔を見合わせてため息をつく。

「……ボーナス代わりに、ここで美味い物でも食っておくか。酒は除くとして……どれが高いんだ？　ここ、値段が書いてないんだよなぁ」

「いや、ジャクソン、ここは値段よりも美味い物を選ぶべきじゃないか？　グレンジェといえば魚だぞ？　塩漬けの不味い魚じゃなく、新鮮な」

「私は甘い物でしょうか。さすがは港町、初めて見る物も並んでいますね。どれが美味しいんでしょうか……？」

自分たちだけで来ることは、まずないだろう場所。

この機会にと、目を皿のようにしてメニューを睨む、そんな彼らを尻目に——。

「わたくしは、これと、これと、これをお願いしますわ」

マリスは自由に、食べたい物を注文するのだった。


食事を終えたマリスたちが最初に向かったのは港だった。

一見すると、普段と違いがない――マリスたちは普段の様子を知らないが、異状は見受けられない港を見ながら彼女たちは小声で会話する。

「まだ封鎖は実行されていないようですね」

「わたくしたちは急いできました。きっと、まだ着いていないのですわ」

実のところ、軍の先遣隊は既にグレンジェに入って代官との協議を行っているのだが、人員不足で下手に封鎖を強行すれば、混乱が起きかねない。

それを避けるため、本隊が到着するまでは封鎖が見合わされているのが、現状である。

「マリス様、ここに疫病の原因があるとお考えですか？」

「病気が外部から持ち込まれたのであれば、可能性が高いのは船だと思いますわ。ここは色々な場所から船が入港しますから。ですが……やはり違うようです」

正直に言えば、マリスは船によって疫病が運ばれたとは考えていなかった。

最初期に発症したと思われるフェリクが、グレンジェで感染したことはほぼ確実。

彼が港に着く前に、他の船が病気を持ち込んでいたならば、レイニーはその情報を摑めただろうし、そうであるならサウス・ストラグで伝えられたはずである。

「ここに来たのは予測の裏付けが目的。本命に行きますわ」

「本命、というと？」

「それはもちろん、こっちですわ！」

自信満々のマリスが先導して向かった先は、港からほど近い場所にある、グレンジェでも貧しい人たちが住むエリアだった。

貧民街というほどには荒れていないが、全体的に見窄らしい家が目立ち、時折見かける人の格好も薄汚れていることが多い。そんな場所を歩きながら、メリンダたちは警戒するように、マリスは不思議そうに周囲を観察する。

「以前よりも活気がありませんわ？」

「マリス様は、この場所に詳しいのですか？」

「ここに住んでいた頃は、時折訪れていましたわ。──そういえば、しばらく船の入港が止まっていたと聞きましたわね」

この地域で暮らす人たちの多くは定職を持たず、港での荷役やその付随作業で糊口を凌いでいる。そのため、商業船の入港が止まれば影響は大きく、それが僅かな期間であっても、大半がその日暮らしである彼らには本当に死活問題であった。

しかし、最近サラサがこの町を訪れたことで商業船の入港も再開、やっと明るい兆しが見えていたのだが、辺りの雰囲気からはそんな空気は感じ取れず、代わりに海風に混じったなんとも言い難い悪臭だけが鼻をついた。

「護衛としては、あまり滞在してほしくない場所ですね」

「むしろ、こういう場所に来るための護衛ですよ？」

メリンダとマリス、どちらも正論だが、立場が強いのは当然後者である。

マリスは時折住民から向けられる不躾（ぶしつけ）な視線を気にもせず、どんどん奥へと進む。

「マリス様、目的地は……？」

「知り合いを訪ねますわ。以前、研究で協力してもらっていたんですの」

彼女の研究テーマは、病気の治療方法である。その点に於（お）いて病気に罹（かか）りやすいこの辺りの住民は、少々言葉は悪いが実験対象として最適。相手としても無料で治療を受けられるというメリットがあり、双方納得の上で協力関係にあったのだった。

「この家ですわ。在宅なら良（い）いんですけど……」

マリスが足を止めたのは、近隣の家と同様に見窄らしい家。

こんな場所に貴族でもあるマリスが来ていたことに少々驚きつつも、メリンダは家に近付こうとしたマリスを制して扉をノック。立て付けの悪い扉がゴトゴトと揺れる。

決して力を入れたわけではないが、今にも倒れそうな様子に、メリンダが不安になりつつしばらく待つと、やがて家の中で動きがあり、訝（いぶか）しげに問う声があった。

「……誰だ？」

しゃがれた男の声にマリスが応えると、中から驚きに息を呑むような音が聞こえ、扉が開かれた。

「錬金術師のマリスですわ」

「マリス様か⁉ 店は潰れたんじゃ――誰だ、あんたらは？」

顔を出したのは五〇がらみの男。日に焼け、鍛えられた身体はがっしりとしていて強面だが、マリスを囲むように立つメリンダたちを見て、警戒するように少し下がった。

「この人たちは護衛です。ちょっと話を訊かせてほしいですわ？」

「……マリス様の頼みじゃ、嫌とは言えねぇ。荒ら屋だが入いんな」

促されるまま足を踏み入れた屋内は、外観同様にかなり古びていて、荒ら屋と言うに相応しい粗末さであったが、掃除はそれなりに行き届き、あまり不潔さは感じられない。

「きちんと掃除はしているようですね」

「マリス様に散々言われたからな。折角命を拾ったってぇのに、死にたかねぇしよ。それで、何が訊きたいんだ？ 大した話はできねぇぞ」

「疫病についてですわ。今、この辺りで広まっているんじゃないですの？」

「へぇ、よく知ってんな。お上は全然動いてねぇってのによ。俺たち貧乏人が死のうと、大した問題じゃねぇんだろうな！」

「僻(ひが)んでも意味はないですわよ？　それより詳しく話してほしいですわ」

顔を歪(ゆが)め、憎々しげに吐き捨てた男に同情を見せるでもなく、はっきりと告げたマリスを、メリンダたちは少しハラハラしたように見るが、男は怒るでもなく舌打ちする。

「ちっ。マリス様は変わんねぇな。……そうだな、俺の把握している範囲になるが、構わねぇか？」

「もちろんですわ。できるだけ詳しくお願いしますわ」

「つっても、そんなには知らねぇんだが……最初は二〇日ぐらい前だろうな。熱を出して体調を崩した子供がいたんだ。けど、まぁ、そんなことは珍しくもねぇ。その時点では話題にもなっちゃいなかった」

しかし、その後数日で事態は変化する。

その子供が回復することなく亡(な)くなったあたりから、次第に感染者が増え始め、この辺りの住民の間で病気のことが噂(うわさ)になり始めた。

「俺が耳にしたのも、この頃だな。だが、時季的に気温が下がり始める時分、チョイと質(たち)の悪い風邪でも流行(はや)っているんだろう、そんな認識だったんだが……」

やがて住民たちは、『普通の風邪にしてはおかしい』と、そのことに気付き始める。

まず、死亡率の高さ。

一度病人が出るとその家の人間すべてが感染し、一週間を待たずに全員が死亡する。

栄養状態の悪いこの辺りの住民が風邪で死ぬことなど、大して珍しくもないが、それにしても感染率と死亡率が高すぎる。

そして、死亡に至るまでの症状。

頭痛と発熱、呼吸困難や下痢。このあたりは普段の風邪でも見られる症状なのだが、特異なのが、身体の末端から発生する筋肉の硬化。

手や足の先から動かなくなり、次第に身体の中心部分に近付いていく。

そしてそれが胴体に及んだ頃、激しい痛みに襲われ、しかし動かない手脚では暴れることもできずに、苦しみながら息を引き取る。

「原因も判らねぇし、当然ながら俺たちでは治療法も判らねぇ。手の施しようがねぇんだ。だからみんな家に閉じこもって、自分の家族に感染者が出ないよう祈ってやがる。そんな状態だからな。正直俺も、ここ数日でどれだけ死んだのか判りゃしねぇ」

頭を抱え、深いため息をつく男を見て、マリスはコクリと頷く。

「なるほどです。死んだ人の家と遺体を見たいですわね」

「正気か!? ――いや、マリス様だったな。愚問だった」

男は目を剝き、すぐに呆れたように首を振る。

「他ならぬマリス様の頼みだ。クソッタレなことに、俺の知り合いが昨日死んだ。そいつは独り身だったんだが、死体を片付けるヤツもいねぇ。——いや、そいつに限った話じゃねぇな。病人が出た家には誰も近付こうともしねぇ」

その言葉を聞き、メリンダがハッとしたようにマリスに囁く。

「マリス様、もしかしてこの辺りに漂う悪臭って……」

「その通りだと思います。非常に問題がある状態ですが、今の私たちにできることはありませんわ」

「俺も何もしてねぇんだから、何も言えねぇよ。俺もいつ病気になるか、戦々恐々としてんだ。場所は教える。勝手に入って見てくれとしか言えねぇが……」

「十分ですわ。それに昨日亡くなったことを知っているのですから、あなたが看病されていたのでしょう?」

「看病なんてできてねぇ。死んでいくのを、ただ見ていただけだ。ダチだったのに、埋葬すらできていねぇんだから」

遺体を埋葬するには、町の外の墓地まで持っていく必要がある。

一人でそれをするのは難しいが、病気の感染を恐れて手伝ってくれる人もいない。

男は片手で顔を覆うと、ため息をついて扉を示す。

「ついてきてくれ。すぐそこだ」

その言葉の通り、男が案内したのは数軒ほどしか離れていない荒ら屋だった。

彼の家よりも明らかに手入れが行き届いていないそこを指さし、男は目を逸らす。

「すまねぇな。俺はここまでで良いか？　正直……見たくねぇ」

「構いませんわ。ありがとうですわ」

「どうってことねぇよ。そいじゃな」

そう言って男は背を向けて歩き出すが、すぐに足を止め、振り返ってマリスを見る。

「なぁ、マリス様。マリス様ならこの病気を治す薬を持って——」

言いかけた言葉を飲み込み、男は首を振る。

「いや、なんでもねぇ。……俺たち、助かると思うか？」

「そうなるよう、努力するのが錬金術師だと思っています」

「そうか。……そうか。また会えるよう、俺はマリス様に祈ることにするよ」

マリスの言葉に男は暫し瞑目すると、どこか救われたような表情で戻っていき、それを見送ったマリスは家に向き直って、持っていた鞄に手を突っ込んだ。

「それじゃ、中に入りますが、嫌ならここで待っていても構わないですよ？」

尋ねるマリスに、メリンダたちは少し顔色を悪くしながらも首を振る。

「さすがにそれはできませんが……大丈夫ですか？　覚悟はともかく、感染は……」

「そのまま入れとは言いませんわ。まずはこれ、柔軟グローブです。安物のナイフでは穴もあかない、危険な物を扱うにはとても便利な錬成具（アーティファクト）ですわ」

当然と言うべきか、準備は怠っていなかったのだろう。

マリスは人数分の手袋を配り、次に取り出したのは霧吹きと白い布。

「次はこれ。この布にこの液体をスプレーして、顔を覆うのですわ」

その指示通り、メリンダたちは布で顔を覆ったが、すぐに驚きで目を丸くした。

「あ、ちょっと息苦しいですが、匂いをほとんど感じなくなりました！」

「この手袋もすげぇな。手の動きを全然邪魔しないぜ？」

「なるほど、これなら……」

「大丈夫そうですわね。であれば、皆さんも協力をお願いしますわ」

「「……え？」」

何だか不穏な言葉にメリンダたちが声を揃（そろ）えるが、マリスはそれに反応は見せず、さっさと家の中に入っていった。

当然、そうされてしまえばメリンダたちも追いかけるしかなく、すぐに後に続いたのだが、中を見た彼らはあからさまに顔を顰（しか）めた。

「汚ねぇな……。男の一人暮らしにしても酷いぜ、こりゃ」

「同感だ。俺でももうちょっと掃除するぜ？」

数少ない家具の上に積もった埃と、床に放置されたゴミの数々。

病気であったことを差し引いても明らかに掃除の手を抜いていて、先ほどの家と比べれば差は歴然。招かれたとしても足を踏み入れたくない、そんな有様であった。

「兵舎をこんなに汚したら、懲罰ものですよ――って、マリス様は……」

そこは僅か二間の家。探すまでもなく、マリスの姿は目に入った。

開け放たれた扉の向こう。ベッドの上に横たわる人影に触れて観察している彼女の姿に、メリンダは一瞬躊躇するが、病死体への嫌悪感よりも職業意識が勝ったのか、そちらに向かって足を踏み出したのだが――。

「きゃ――っ！」

足下を何かの影が走り、メリンダが小さく悲鳴を上げる。

「な、なんだ――って、鼠かよ。うわっ、ゴキブリまでいやがる！」

「えっ、ちょ、ちょっと、なんとか――」

「あ、ちょうど良いですわ。それら、何匹か捕まえておいてほしいですわ？」

顔を引き攣らせて僅かに後退ったメリンダにかけられる、マリスの無情な言葉。

それと共に平然と差し出されたいくつかの小瓶を、メリンダたちは互いに押し付け合うように肘で突き合うが、それを見たマリスは不思議そうに首を傾げた。

「心配しなくても、その手袋があれば噛まれたりはしませんわよ？」

「そ、そうですよね、ハハハ……」

そういう問題ではない。

声を大にして言いたいメリンダたちだったが、立場がそれを許さない。

結果、小瓶を受け取ることになったのは、彼らの中でトップのメリンダ。

その代わりにジャクソンたちに任されたのは――。

「うひぃぃ、大丈夫と解っていても……キツい」

「お前はまだマシだ。こっちはゴキブリだぜ⁉」

無言での鬩ぎ合いの末に決まった役割分担。

ジャクソンが鼠を捕まえ、サウルがゴキブリを捕まえ、メリンダは瓶の蓋を開けて準備し、男たちが捕獲物を中に入れたら素早く蓋をする。

そんな苦行をやっと終え、中身が蠢く瓶を嫌そうに持ちながら、メリンダたちは安堵の息を吐くが、マリスは容赦なかった。

「あ、他にも何か虫や小動物がいたら、そちらもお願いしますわ？」

「「「――っ‼」」」

「な、何か意味が……あるんですよね？」

「当然です。病気を媒介するのは鼠やコウモリなどの小動物、ゴキブリや蚊のような虫。もっと大きな家畜ということもありますが、これは無視して良いでしょう。それらを調べて原因を見つけなければ、疫病への対応は難しいのです」

「ですよね……頑張ります」

「「……うえぇ」」

納得するしかない理由であり、それを言ったマリスは死体を調べているわけで。

メリンダたちに反論できるはずもなく、嫌々ながらも汚い家の床を這(は)い回った三人は、マリスが調査を終えて家を出る頃には、随分と憔悴(しょうすい)していたのだった。

◇　◇　◇

フェリクがマリスの店に移動したのは、翌日のことだった。

マリスの指定した三階の奥の部屋。そこにはいつの間にやらベッドが運び込まれていて、人通りの少ない早朝を選び、かげさんに背負われたフェリクがやってきたのだ。

普通であれば非常識な時間帯であるが、嫌な顔一つせずに受け入れたマリスは、ベッドに横たわるフェリクの隣に座って診察を行い、それが一段落してから彼に尋ねる。

「殿下、症状に変化はありますか？」

「渡された薬を飲んだのですが、昨日より熱っぽさや頭痛、呼吸のしやすさなどは悪化しています。マリスさん、あの時の薬は――」

昨日、マリスが辞した時よりも明らかに苦しげなフェリクは、そう言って縋るような視線を彼女に向けるが、マリスはあっさり首を振る。

「無理ですわ～。少なくとも一日は空ける必要がありますし、必要な素材もないですわ。手に入るかは師匠次第――いえ、サラサさん次第、ですわね」

「そうですか……。もう一つの黒い薬については、あまり判りません。動かない範囲は広がっていないように思えますが……。ちなみに、今飲んでいる薬の素材は？」

「痛み止めなどに関しては、多少余裕がありますわ。殿下の分だけであれば、一〇日ほどは。停滞薬の方は、それだけしかありません」

これまたあっさりと告げられた言葉に、フェリクは枕元に置かれた小瓶を見る。

僅か二回服用しただけで、明らかに量が減っていることが判るほど瓶は小さく、このペースで飲めば一〇日も保たない。

その事実から目を逸らすようにフェリクは目を瞑り、静かに尋ねる。

「……そちらの素材も？」

「当然、サラサさん次第ですわ。でも、お金次第で早く集まるかもしれませんわ？」

「解りました。――かげさん」

「かしこまりました」

フェリクの言葉に頷き、かげさんがとりだしたのは、ずしりと重い小さな革袋。

それをマリスに「シュロット様、これでよろしくお願いします」と差し出すと、マリスは「解りましたわ」と受け取り、懐に入れる。

一見、医者に袖の下を渡す悪い場面だが、何のことはない、正当な報酬である。

「マリスさん、気が早いとは思いますが……病気について何か判りましたか？」

「多少、判りましたわ」

「「本当ですか⁉」」

ダメ元で尋ねたことに、まさか肯定の返事が返ってくるとは思っておらず、フェリクたちは声を揃えて身を乗り出すが、それに対してマリスは「もっとも」と話を続ける。

「原因や治療法は不明ですわ。判ったのは発生時期と症状と結果ぐらいです。まず発生は二〇日ほど前から。症状は殿下と同様に発熱と頭痛、呼吸困難、下痢、そして身体の末端部から始まる硬化。日を追うごとに硬化部分は広がり、一週間程度で身体の重要な器官まで到達。苦しみ藻掻き――いえ、藻掻くこともできずに死亡するようです」

「そ、そんな…………え、一週間？　既に殿下は……」

一瞬、絶望したように目を見開いたかげさんだったが、フェリクの症状が出てからの日数を数え、訝しげに眉根を寄せた。

「個人差ですわ。魔力の過多で病気に対する抵抗力が変わる。ご存じですか？」

「では、かげさんが病気になっていないのは――」

「強いからだと思いますわ。しかし、弱れば一気に進む危険性もあります。停滞薬、きちんと飲むことをお勧め致しますわ」

「もちろんです。……できれば、追加の停滞薬と、早急な治療法の発見をお願いしたいところですが」

「鋭意努力をしてますわ～。おかげで、ちょっと寝不足ですわ～」

ちなみにだが、早朝にも拘わらずマリスがすぐに対応できたのは、昨日集めてきた試料の分析で徹夜して、単に寝ていないだけだったりする。

さすがに疲れも溜まっているのか、大きく欠伸をしたマリスは「でも」と首を傾げる。

「船旅で弱っていたとはいえ、殿下が大半の住人より先に感染したのは、少々不思議です。

原因に心当たりはありませんか？　怪我をしたとか、そういったことは」

「……この町で起こった、普段と違うことをあえて言うなら、港に下りた時に財布を摩られそうになったことでしょうか。船酔いでふらふらしていたので」

「その時に感染者と接触した？　かげさんは防がなかったのですか？」

かげさんの実力であれば、スリがフェリクに近付く前に、立ち塞がることぐらいは容易いだろう。そう思ってマリスは尋ねるが、かげさんは苦しげな表情で首を振る。

「お忍びでしたので、明確な危険がない限りは。もちろん直前では防ぎましたが」

「結果論です。かげさんの責任ではありません」

「ですわ～。責任があるのは、お忍びをしている人ですわ？」

誰かは明言こそしないが、それに等しいマリスの発言。

王都の貴族からはまず聞かないような言葉を向けられ、フェリクは苦笑する。

「厳しいですね、マリスさん」

「わたくし、実家とは半分ぐらい縁が切れていますので、治療者の立場を利用して、はっきり言うのですわ。サラサさん、結構困ってましたわよ？」

一応、シュロット伯爵家に属するマリスであるが、既に二〇を超えて久しい。

他の貴族家と政略結婚する可能性も非常に低く、何かあれば縁を切ってもらえば良いと、半ば開き直ってそう考えていた。

実際、半ば強制だったとはいえ、フェリクの治療を行うマリスの立場はとても危うい。

お忍びの最中ということもあり、治療に成功しても大々的な恩賞は期待しづらく、しかし失敗すれば命すらどうなるか。レオノーラは大丈夫と口にしていたが、貴族のことをよく知るマリスはそこまで楽観的には考えていない。

そんな状況だからこそ、言いたいことは言うと、マリスは決めていた。

「耳が痛いですね。患者の立場としては、考慮せざるを得ません。——しかし、マリスさんは思った以上に優秀な治療者ですね？　錬金術師にはそれも期待されていますが、それを主体として研究されているのは珍しいように思います。……何か理由が？」

フェリクから不思議そうに問われ、マリスは誇らしげに宣言する。

「当然ですわ。わたくし、病気を治したくて錬金術師になったのですわ！」

「それは……珍しい動機なのでは？」

「かもしれませんわ。わたくし、幼い頃に友人を病で亡くしましたの。それで……」

頷き、何か言いかけたマリスだったが、途中で言葉を止めて、しばらく沈黙。

「……色々あって、病気の研究をしようと決めたのですわ？」

端的に結論だけを告げ、それを聞かされたフェリクは拍子抜けしたように目を瞬かせる。

「思いきり端折りましたね。その色々が重要そうですが」

「殿下が元気になって、まだ訊きたいと思われるなら、お話し致します。今は休んで、体力の消耗を抑えることをお勧め致しますわ？」

マリスはそう告げると、小さく微笑むのだった。

「お疲れさまです、マリス様」

「ちょっと疲れましたわ～。メリンダもお疲れですわ～」

三階から下りてきたマリスを迎えたのは、メリンダだった。

昨晩からマリスに付き合って起きているのは彼女のみ。

男二人は交代に備えて寝ているので、この場にはいない。

「まぁ、殿下たちは患者としては悪くないですわ」

マリスはそう呟きながら、懐から取り出した革袋をテーブルの上に置く。

その途端、ガチャリと響く重い音に、メリンダが微かに右眉を上げた。

「……こういうときの治療って、やっぱりお金持ち優先ですよね」

僅かに嫉妬のようなものが混じったその言葉に、マリスは小さく笑う。

「そういうものですわ？　薬の素材も、人的資源も、無から生まれるわけではありませんもの。お金持ちを治療すれば治療費を貰え、別の人を治療する薬が買える。しかし、貧乏人を治療してもそこで終わり。結局、救える人が減るだけですわ」

諭すように言われ、ぐっと言葉に詰まったメリンダは、ため息のように言葉を漏らす。

「……解ります。正直に言えば私たち兵士だって、今回みたいな危険な場所には行きたくありません。でも、普段から給料を貰っているからこそ、頑張ろうと思えるわけですし」

「そういうものですわ？　もちろん使命感や善意もお持ちなのでしょうが、それを期待するのは為政者として失格ですわ。報酬なくして人は動かない――いいえ、為政者の立場で言うならば、報酬を与えて動かすべきなのですわ」

どんな崇高な目的があったとしても、お金がなければ破綻する。

研究にかまけて自分の店を失ったマリスは、改めてそのことを実感していた。

「そんなわけで、このお金はサラサさんの所に送らないといけないのですわ。それから、報告書の方もそろそろ送っておかないと――」

「マリス様、まずは一眠りされては？　顔にお疲れが……」

近くで見れば明らかな、目の下の隈。

それを指摘するメリンダに、マリスは欠伸をしつつ首を振る。

「もう少しは錬成薬（ポーション）でなんとかなります。状況は一刻を争う感じ、ですわ」

「ですが――」

「おはよ――うわっ、マリス様、まさか徹夜ですか？」

反駁（はんばく）しようとしたメリンダの言葉を遮るように、ジャクソンが二階から下りてきた。

やや暢気（のんき）なその顔に対して、メリンダは半ば八つ当たり気味に鋭い視線を向ける。

「ちっ。ジャクソン、遅いわよ」

「そんな、勘弁してくださいよ～、俺らも昨日は遅くまで起きていたんですよ？」

「寝てない私とマリス様の前で、よく言えたわね？　そもそも――」

「おは――あ、タイミング、悪い感じ？」

再びメリンダの言葉が遮られ、その言葉通りにタイミングが悪かったサウルにも、メリンダの鋭い視線が向けられるが、そこにマリスの柔らかい声が掛けられた。

「まぁまぁ。寝るぐらい自由にすればいいですわ～。メリンダも、もう交代して寝てきても良いですわよ？」

「……いえ、マリス様が寝られるまでは、起きていようと思います」

同じ女性ということもあり、メリンダはマリスが起きている時間は常に傍（そば）に付き、ジャクソンとサウルは規則正しく寝起きする。

そういう分担と決めていたこともあり、メリンダが眠気を堪えながらそう応じると、マリスはゆるゆると手を振りながら、工房の方へと足を向ける。

「そうですか。それも自由にすればいいですわ。私は報告書を書いてきますわ～」

と、その時、店の扉が開いた。

そこから入ってきたのは、やや薄汚れた格好の二〇代半ばほどの男。

かげさんの時とは異なり、人が近づいてくる気配を感じていたメリンダたちに驚きはなかったが、それでも警戒したようにマリスと男を遮るように間に立つ。

「何用だ？　この店は営業していないぞ」

「おっと、そんなに警戒しないでくれよ。俺はそっちの姉さんにちょいと用があるだけなんだ」

やや威圧的に問うジャクソンに対し、男は両手を軽く上げ、少し覗き込むようにして奥にいるマリスに声を掛けた。

「私に用？　一体なんですわ……？」

「あんた、以前、俺たちの所で病気の治療をしていた人だよな？　ちょっとばかし、薬を都合しちゃくれねぇか？」

その唐突な要求に、マリスにしては珍しく、明らかに嫌悪感の混じる目を男に向けた。

「……代金を払うなら考えますわ」

暗にちゃんとお金を払えるのかと問いかけるマリスに対し、男は卑屈な笑みで応えた。

「へへっ、以前は無料で治療していたって聞いたぜ？」

「別にタダってわけじゃなかったですわ。わたくしには十分な利益がありましたわ。なので、代金が払えないなら、諦めるべきですわね」

きっぱりと冷たく告げたマリスに男は絶句し、メリンダたちも少し驚いたように眉を動かした。

「なっ……。か、金はねぇんだよ。なぁ、頼むよ、ダチが苦しんでんだ」

「知りませんわ。困るぐらいなら、普段から節約してお金を貯めておくべきです」

「――ちっ。貯められるなら苦労しねぇよ。恵まれたあんたには、俺たちの立場なんて解んねぇだろうけどな！」

吐き捨てるような男の言葉にもマリスは表情を変えず――いや、むしろ更に蔑むような目を向ける。

「孤児からだって、努力して錬金術師になる人もいますわ。それに、そんなに言うなら、あなたが借金して助けてあげれば良いのですわ」

「そ、それは……、こ、困った時はお互い様だろ？」

「お互い様？　わたくし、あなたに助けられる未来が見えませんわね。自分がやらないのに、他人に期待するのは愚かですわ」

自分の友人ならば、他人に頼る前に自分ができることをするべき。

正論を告げるマリスに苛ついたように男が前に出ようとしたが、マリスの隣にいるメリンダが武器に手を掛けるのを見て、逆に後退する。

更にジャクソンたちも、腕まくりをして一歩前に進むに至り——。

「……クソッ、覚えてやがれ！」

そんな捨て台詞を残し、荒々しく開けた扉から逃げるように出て行き、それを見送ったジャクソンたちは、気が抜けたように息を吐いた。

「……ふう。昨日のマリス様を見られていたんですかね？」

「かもなぁ。しかし……案外厳しいことを仰いましたね？」

そう言ったサウルだけではなく、ジャクソンとメリンダからも意外そうな視線を向けられ、マリスは小首を傾げる。

「わたくし、病気で苦しむ人を救いたいとは思っていますが、全員を救えると考えるほど、傲慢ではありません。メリンダにも伝えましたが、優先すべきは対価を払える人。あなただって、頑張って貯めた酒代を叩いて買ったお薬を、隣の人がタダで貰っていたら腹が立つですわ？」

「それは……そうですね。そいつが普段から金遣いが荒かったりしたら、更にムカつきます。ふざけんなって気分ですね」

「でしょう？　各々事情はあるかもしれませんが……それら、全員の事情を斟酌する余裕はありませんわ」

　元々お金持ちなのか、日々節約して貯めたのか、借金して用意したお金なのか。

出所は判らなくても、少なくともそれだけの意思を以て治そうとしている。

ある意味でお金は、とても判りやすく公平な尺度なのだ。

「それに、本当に病気の友人がいるのかも怪しいですわね」

「あー、それは俺も思いました。売って金に換えようとでもしてんじゃねぇかと」

「言い訳をしてまったくお金を払おうとしない人は、信用できません。わたくし、困っていた時でも錬金素材を買い叩いたりはしなかったですわ？」

　もっとも、その代わりに借金を背負ったわけだが。

　買い叩くのは論外にしても、買い取りを自重すべきだったことは間違いない。

「本当はそんなことを考える必要もないほど、余裕があれば良いんですけど……。わたくしは報告書を書いてきますわ」

少し寂しげに呟き、工房へと向かったマリスの背を見送り、メリンダは気合いを入れるようにパンと手を叩いた。

「ジャクソン、サウル、気を引き締めなさい。今後、ああいう輩が増えてくる危険性があります。護衛として、私たちの本領が試されますよ」

厳しい顔で告げるメリンダに、ジャクソンとサウルもビシリッと敬礼で応える。

「『了解です！』」

「上には王子様もいるしなぁ。――しかし、王子様の護衛が一人で良いのかねぇ？」

サウルが付け加え、呆れ混じりの視線を階上に向けるが、メリンダは小さく首を振る。

「何を言っているんです、サウル。一人なわけがないでしょう？」

「え、けど……いないですよね？」

「いえ、私もマリス様に訊いたんですが、『見えないだけですわ。少なくとも、影一号と影二号はいるはずですわ？』と仰っていました」

「マジですか？　ここに？」

サウルが探るように辺りを見回し、ジャクソンも無言で眉根を寄せ――そんな二人を見るメリンダは苦笑を浮かべる。

「少なくとも、近くには？　……私にも判りませんけど」

「ええ？　いくらなんでも、近くにいたら気付きませんか？　自分で言うのもなんですけど、俺たち、これでもそれなりの腕利き（うでき）ですよ？」

懐疑的な視線を向けられたメリンダは頷（うなず）きつつも、「でも」と続ける。

「ほら、殿下がご使用になっているベッド、あれを三階まで運び入れる姿、誰か見ましたか？　もちろん、私は見ていません」

俺たちも見ていない。でも、きっと自分が席を外している時に運ばれたのだろう。

そんなことを思っていたジャクソンとサウルは顔を見合わせ、王族の護衛という底知れなさに寒気を覚えて腕を摩（さす）るのだった。

Episode 3

研究開発

「状況は……思った以上に悪いですね」

「えぇ、ここまでとはね……」

私とケイト、そしてクレンシーが囲むのは、机の上に置かれた一枚の地図。

ロッホハルトを中心に、その周辺部までが描かれた地図上には各地から集まった情報が記されているのだが、そこから読み取れる状況は非常に悪いものだった。

「少々想定が甘かったようですね。こんな広範囲に疫病が広がっているとは」

最初に報告があったグレンジェを中心に、ロッホハルトの南東部からその周辺の領地まで。私たちからの問い合わせを受けて、その地の領主が調査をしたところ、それらの地域で疫病蔓延の兆候が見つかったらしい。

具体的には、ロッホハルトの南に位置するキプラス士爵領、ベイカー子爵領で感染者が見つかり、サウス・ストラグとグレンジェの中間にあるフェルゴの町でも、それらしき病人が発生している。

幸い、サウス・ストラグではまだ見つかっていないのだが、このペースで広がっていくならいつまでも安心とは言えず、西側の端に近いヨック村やロッツェ領ですら油断はできないだろう。

「食糧の調達も、上手くいっていないのよね？」

「その通りです。通達を行ったことが裏目に出たようです」

近隣領地へ食糧を買い付けに行ってくれたフィード商会だが、結果は芳しくなかった。

理由はクレンシーが言った通り、疫病に対して注意を促す使者を送ったこと。

疫病の発生が確認できた領地は当然として、まだ確認できていない北部の領地でも、疫病の広がりを警戒した領主により、販売制限が行われてしまった。

ロッホハルトのことだけを考えるなら、買い集めた後で知らせた方が良かったのかもしれないが、今後の付き合いを思えばそれは難しく、今回の疫病対策を行う上でも騙し討ちのようなことをするのは悪手だっただろう。

「フィード商会には申し訳ないですが、更に遠くで買い付けるよう、お願いしましょう。クレンシー……」

私と関係がある商会だけに、預かっている領地の予算を自分で出すとは言いづらい。

言葉を濁した私に、クレンシーは深く頷く。

「はい、お任せください。十分な手数料はお渡し致します」

「ありがとうございます。ハドソン商会の船は出航したようですね。浮き桟橋は——」

「既に作業に取り掛かっております。船が帰還するまでには使用できる状態になっていると思われます。バーケル士爵領では疫病の発生がなかったことが幸いしました」

こちらのお願いも快く聞いてくれたようで、バーケル士爵とは今後とも仲良くできそうなのがちょっと嬉しい。あそこの砂浜は、良い砂浜だったから。

落ち着いたら、またみんなで遊びに行きたいなぁ。

今度は、ロレアちゃんとミスティも誘って……。

――と、ちょっと逃避している私を、ケイトの言葉が現実に引き戻す。

「唯一に近い朗報は、物資がほぼ書類通りにあったことよね」

「はい。代官たちは思ったよりも真面目だったようです」

「本当に唯一に近いのが、悲しいですけど」

サウス・ストラグに関しては、計画定数と現在の不足分をクレンシーがきちんと把握し、在庫との差は一切なかったのだが、他の町や村はそうもいかない。

ロッホハルトにある町は、サウス・ストラグを除いて、フェルゴとグレンジェの二つ。村はヨック村を含めて四つ。村の場合、元々大した備蓄なんて行われていないのであまり関係はないのだが、問題はフェルゴとグレンジェである。

この二つの町は、カーク準男爵家が改易された時に汚職の酷かった代官も更迭され、新しい代官が任命されたのだが、この時点で物資の管理に限らず、色々とグチャグチャ。

新代官はそれらの正常化に奔走することになった。

その中には、当然物資の備蓄に関することも含まれており、クレンシーはこの秋の収穫を見込んで、年内を期限として定数を満たすように通達していたのだが、蓋を開けてみれば思った以上に備蓄が進んでいたのだった。

「どうやら原因は、先日の盗賊問題にあるようです。あの出来事が流通が遮断される危機感を煽ったようで」

「不幸中の幸いですね。しかし、ここまで疫病が広がると、対応が難しいですね」

グレンジェは封鎖したが、フェルゴも封鎖するのか。

サウス・ストラグからキプラス士爵領へと続く、南の街道も遮断するのか。

「すべての町を封鎖するの？　それである程度は抑制できると思うけど……」

「いえ、無理です。人が足りません」

グレンジェ一つですら、領軍のキャパシティはギリギリ。

ベイザンの浮き桟橋作製に派遣した人たちや、盗賊や害獣など、不測の事態に対応する最低限の備えを考えると、これ以上領軍から人を出すのは無理がある。

「正直、手詰まりに近いですね。範囲が広すぎます」

事前に考えていたパターンの多くが使い物にならない。

しかし、良い案も思い浮かばない。

それでもできることはないかと、私たちが無言で地図を睨んでいると、ちょうどそこに『頭を使うなら、甘い物だろう』と、少し前に席を外していたアイリスが、お茶とお茶菓子に加え、レオノーラさんも連れて戻ってきた。

「サラサ、お菓子を調達してきたぞ。少し良い店で買ってきた」

その言葉通り、トレーの上に並んでいるのは、カフェで出てくるような可愛いお菓子。

それを私の前に置きながら、アイリスは「ついでに」と後ろのレオノーラさんを示す。

「途中でレオノーラ殿にも会ったので、連れてきた」

なかなかにぞんざいなアイリスの対応に、レオノーラさんは苦笑しつつ、手に持っていた紙をぴらぴらと揺らす。

「ついでに連れてこられたわ。――マリスから追加の報告が届いたわよ」

「レオノーラさん……何か心が温かくなるようなものはありますか？」

マリスさんからは既に一度、報告書が届いていた。

その中には疫病が強毒性を持ち、普通の人であれば一週間も保たずに死亡すること、感染力も非常に高いこと、フェリク殿下を見つけたこと、更には殿下がその疫病に罹っていることなど、頭の痛くなることが大量に書かれていた。

あえて明るい要素を探すならば、殿下をマリスさんが受け持ってくれたことぐらい？　王位継承権も持つ王族を、疫病が蔓延する町の中に留め置いて大丈夫かな、とも思うけれど、ここは専門家の判断を信用しよう——決して、面倒事の丸投げじゃないよ？

「心が温かくなる話題？　そうだねぇ……数十人の暴徒に研究を邪魔されたマリスがブチ切れて、全員をぶん殴って気絶させた部分とか？」

「いや、何してるの、マリスさん⁉」

そりゃ、マリスさんの実力なら、一般人に負けることはないと思うけど……魔法を使わなかっただけ、冷静だったのかも？

「ある意味、とても熱くなる話題ですね。護衛も付けましたし、グレンジェの町にも警備隊はいるはずですが……代官も含め、何をしているんでしょうか」

熱く、どころか、冷たい笑みを浮かべるクレンシー。

護衛三人と代官のピンチである。

「人手が足りていないのだろうな。サウス・ストラグでもかなりの処分者が出たのだ。警備隊が定数を満たしていないのは、グレンジェも同じじゃないのか？」

アイリスの指摘は事実、そうなのだろう。クレンシーが悔しそうに歯噛み（はが）する。

「くっ……疫病の発生が、あと一年遅ければ……」

「はい、タイミングが悪いですよね。そうすれば、私も関わらずに済んだのに――！」

「あ、その点では幸いだったと言えますね」

「何でですか⁉」

あっさりと翻された言葉に私が目を剝くと、クレンシーは困ったように苦笑する。

「サラサ様の存在には、とても助けられておりますので。もし一人で対応することになっていたらと思うと、正直、ゾッとしますね」

「役に立っているなら――と言うところなのかもしれませんが、正直少々複雑ですね」

私はそう言って苦笑し、改めてレオノーラさんに尋ねる。

「それが心温まる話題なら、他はきっと心冷えるものが並んでいるのでしょうけど……」

「そうね、色々書いてあるけど、一番の問題は遺体の処理が、その発生に追いついていないことみたいよ？」

「遺体の処理、ですか。蔓延の防止を考えるなら、しっかりやらないとマズいですが……難しいですよね」

疫病が原因で死んだ人の処理なんて、誰しも望んでやりたいとは思わないだろう。

任務ということで兵士たちは頑張ってくれているようだけど、治安の維持という仕事もあり、なかなか手が回っていないらしい。

「町の外まで運んで、穴を掘って、埋めて……確かに大変だろうなぁ。ウチの村ぐらい小さければ、また話は別なのだろうが、グレンジェほど大きな町となると」

「ええ、そうね。街中を通って遺体を運ぶこと自体に反対もあるみたいで……。まぁ、怖いのも解るんだけど」

アイリスの言葉に同意しつつ、レオノーラさんは困ったように眉尻を下げる。

「実は一部から、疫病の発生した地域を丸ごと焼いてしまえ、なんて過激な意見まで出ているようなのよ」

「建物ごと⁉　住宅密集地でそんなことをしたらどうなるかなど、明白だろうに！」

「まったくね。それすら冷静に考えられないような状態なのかしら？」

「軍や警備隊が抑えているみたいだけど……そのあたりの人たちに感染者が多発し始めたら、マズいと思うわ」

ケイトが不安げに呟き、レオノーラさんもそれに同意するが、いきなり疫病を終息させる方法などあるはずもなく、今はできることをするしかない。

「まずは遺体の処理を——あ。そういえば私、こういうときに使える物を持ってました」

「え、本当に？　こんな限定的な状況、滅多にないわよ？　そんな物を持っているとは思えないんだけど……？」

レオノーラさんから向けられた懐疑的な視線に、私は『その通り！』と頷く。

ホント、普通はあり得ないよね。

でも、何故か持ってるんだよね、私は。

「師匠に貰いました。何かやっちゃったときに、数滴ほど垂らせばすべてなかったことにできるという、ステキな錬成薬を」

「あ、あの方は、なんて物を弟子に……」

慄くように言葉を漏らすレオノーラさん。

解る。この錬成薬って、絶対に気軽に渡して良いような物じゃないよねぇ。

師匠はすんごく、てきとーな感じで渡してきたけどっ！

「サラサ、それはもしかして、以前見せてくれた物か？」

「はい、あれです。アイリスにも実験に協力してもらった」

相手はあの師匠、ちょっとお茶目な冗談ってことも考えられるから、貰った錬成薬の研究に取り組む前に効果を確かめておこうと、実際に使ってみたのだ。

実験対象は、アイリスに狩ってきてもらった食用に適さない獣。意図したわけじゃないけれど、それが猿系の魔物であったことは良かったのか、悪かったのか。

その死体に錬成薬を数滴ほど垂らした結果は……うん。凄かった。

でも、師匠の言葉に嘘（うそ）がないことだけは、ちゃんと証明できた。

「え、それ、私は知らないんだけど？」

「サラサ様、そのように危険な錬成薬（ポーション）があるのですか……？」

「あの時はたまたま、ケイトがいなかったですからね。でも安心してください。人に掛けると危険というわけではないので」

びっくりしたようなクレンシーの言葉を肯定しつつも、私は首を振る。

「どうやら生き物の持つ魔力が効果を阻害するようで。人間はもちろん、生きている鼠（ねずみ）ですら何ら影響は出ませんでした」

いくつか実験した結果、効果が出たのは最大でも芋虫まで。

それ以上の生き物であれば、庭で捕まえた蜥蜴（とかげ）にすら影響はなかった。

「なので、どんなに魔力が少ない人でも、生きていれば危険はありません」

「それを使えれば、遺体の処理が随分と楽になるのは間違いないわね。でも――」

「はい。悪用もできる錬成薬（ポーション）です。下手に配るわけには」

今のことだけを考えるなら、配るべきなのだろう。

でも疫病が収まった後、この錬成薬（ポーション）が悪意ある人の手に渡ってしまうと、死体を残さずに人を殺すことも可能となってしまう。

そう考えると、簡単に『これを使いましょう』とは言い難いのだけど、レオノーラさんは考えるようにしばらく沈黙して、ゆっくりと口を開いた。

「……ねぇ、サラサ。サラサはその錬成薬を作ることができるの？」

「はい、一応。研究したので。家に戻らないと無理ですけど」

「それはそうよね。そんな秘匿性の高そうな錬成薬、私のお店でお手軽に作ります、なんて言われたら逆に困るわ」

「ははは……、私が作った物ならともかく、師匠から貰ったものですからね」

錬成薬や錬成具のレシピは、錬金術師の財産。

きちんと登録して錬金術大全に載れば歴史に名前が残るし、とても有用な物であれば、秘匿して儲けることもできる。

この錬成薬が、私がまだ読めない巻数の錬金術大全に載っているのか、それとも師匠のオリジナルなのかが判らない以上、たとえレオノーラさんだったとしても、作り方を知られるわけにはいかない。

工房を借りて作れば、仮に作る場面を見せなかったとしても、レオノーラさんレベルなら、使った素材なんかである程度は予測がついちゃうだろうし。

「なら申し訳ないんだけど、サラサは一度ヨック村に戻って、その錬成薬を作って送ってくれない？　他人の手には渡らないよう、管理は私とマリスで責任を持ってやるから」

「それは……私は構いませんけど、良いんですか？　人の死体を処理するのは、あまり気分が良いものとは思えませんけど……」

私なんて猿系の魔物ですら、ちょっと引いてしまったのだ。

それが人で、しかも大量にとなると、結構な精神的負担だと思う。

「かもしれないわね。でも、町ごと焼いてしまうよりは良いでしょ？」

「それは比較しちゃダメだと思うけど……そこまでサラサがやるべきことかしら？　使う人もだけど、それを作ったということ自体、サラサの負担じゃない？」

困ったように、しかし心配そうに私を見るケイトに、私は小さく首を振る。

「必要があればするべきでしょう。解りました。作ります。——そういう事情なので、クレンシー、私たちは一度、ヨック村に戻りますね？」

「かしこまりました。残念ですが今の状況で、この町にいてできることは、食糧不足を防ぐくらいです。その程度であれば、私一人でも十分に対応できるでしょう」

「お願いします。それも重要なお仕事ですから」

たとえ疫病が終息しても、人々はすぐ元通りに動けるわけではない。

既に農作物の収穫に影響が出始めているようだし、疫病によって確実に人は減っていて、何もしなければ冬を越せない集落が出るだろう。

すぐには成果が出ないであろうフィード商会とハドソン商会の動きは、その後のことを見据えてでもあるのだ。

「ま、私たち錬金術師は、錬金術師にしかできないことをした方が効率的よね。サラサは以前、マリスが知らせてきた〝停滞薬〟は覚えてる？」

「はい、もちろん。こちらで錬成して、解熱剤などと一緒に送りましたよね」

マリスさんはあまりこだわりがないのか、それとも私やレオノーラさんを信用しているのか、自身が開発した停滞薬の作り方を詳細に書き起こし、それを同封して『作って送ってほしいですわ』と連絡してきたのだ。

もちろん私は、レシピを漏らしたりするつもりはないけれど、やり方次第では大儲けもできそうな代物だけに、純粋に凄いとは思う。

「あれなんだけど、改善した物が完成したみたい。新しいレシピを送って寄越したわ」

「本当か？　え、マリスって、想像以上に凄くないか？」

雪山でのマリスさんのポンコツ具合が印象的なのだろう。アイリスが疑念混じりの驚きを浮かべるが、それに対してレオノーラさんはため息をつく。

「能力はあるのよ、あいつは。予算の管理ができないだけで。そのへんはお金のある伯爵家で生まれ育った弊害よね」

「そのようですね。ちなみに、その薬で治療は……？」

「そこまではできないみたい。欠点が多少改善されたみたいだけど、飽くまでも進行を遅らせるだけ。それでも短期間で、十分な成果だと思うわ」

「欠点って、飲むと普通よりも長い時間寝るようになるというものでしたよね？」

「それと飲み過ぎた場合の危険性ね。『今度の錬成薬(ポーション)なら、少しぐらい多く飲んでも死なないと思う』って」

「え、それ、初耳なんですけど？　少し多く飲むと死ぬなんて、怖いんですが……？」

ついでに言えば、それをフェリク殿下に飲ませていたという、マリスさんも。

ただでさえ殿下の治療なんてしたくないのに、そんな綱渡りをしていたの？

「一応、自信はあったんだと思うわよ？　……私ならやらないけど」

「ですよね？　ちょっと尊敬します。でも、有用な薬であることは間違いないですね」

「殿下には何としても生き延びてもらわないと、色々とマズいからねぇ。マリスは当然として、師匠である私の立場的にも」

「問題は、その薬をどれほどの人が使えるのか、だよな」

アイリスが渋い表情を浮かべ、ケイトは諦めたようにため息をつく。

「そこは飲み込むしかないでしょ。『可哀想』で薬が貰えるなら、私たちは借金を背負っていないわ。採集者が頑張ったところで、素材が無限に湧き出るわけじゃないんだから」

「解っているんだが……サラサ、どんな感じなんだ？」

「えぇっと、まだ新しいレシピを見てないので……」

「これよ。ある程度はそのへんも改善されてるわね」

レオノーラさんが差し出したレシピに目を通してみると、確かに使う素材もかなり変更されていて、最初の物よりも安価に作れることは間違いない。けれど――。

「領民全員分を用意する、なんてことは無理ですね」

ついでに言えば、他の錬金術師に協力を依頼する、というのも難しい。

レシピを勝手に公開できないということ以外に、錬金術師の持つ技術の問題があり、レオノーラさん曰く、『このレシピ、領内だと私とサラサ、それにマリス以外が確実に作るのは難しいわ』とのこと。使える予算や集められる素材の量を考えても、他の錬金術師を指導するぐらいなら、レオノーラさんが纏めて錬成する方が余程マシなんだとか。

「ですので、まずはこれ以上、疫病が広がることを阻止するのが重要だと思います」

そして、症状を抑えている間に治療法の確立。

現状では一度硬化した身体が元に戻った報告はなく、それを治せるようにならなければ、疫病が終息しても働けない人が大量に発生しかねない。

「でも、治療法と蔓延防止、どちらも目処が立っていないのが――」

「あ、最後にもう一つ。感染源と強く疑われるものを、マリスが特定したわ」

「「えっ⁉」」「本当ですか⁉」

「あるじゃないですか、レオノーラさん！　とっても心温まる朗報が！」

アイリスとケイト、そしてクレンシーが声を上げ、私も身を乗り出すが、レオノーラさんは困ったように苦笑して、持っていた鞄の中に手を突っ込んだ。

「話だけ聞くとね。でも、一緒に送られてきた物を見ると、私は心が温まったりはしなかったわ。――心構えはしてね？」

私の目の前、机の上にポンと置かれたのは、手の中に収まるほどの広口瓶。

その瓶の中には、何か黒い物が入っていて――。

「ん？　レオノーラ殿、何だ、それは――ひっ！」

レオノーラさんに言われた通り、心構えをして距離を取ったまま瓶を見ていた私に対し、アイリスはよく見ようと顔を近付けたのが良くなかった。

彼女が顔を引き攣らせ、小さな悲鳴を上げてしまったのも当然。

その瓶に詰まっていたのは、無数の黒い虫だったのだから。

「それって、ゴキブリかしら？」

「そう見えるわね。ただし、私が知らない種類だから……判らないわ」

私よりも更に一歩引いた場所で目を眇め、零すように呟いたケイトの言葉に、レオノーラさんは頷きつつも曖昧に答える。

「そ、それが感染源なのか？」

「マリスはそう判断したみたいね。あ、言っておくけど、間違っても蓋を開けたりしないでね？ 私たちはそう簡単に感染しないはずだけど、そうじゃない人もいるから。領主館から疫病が広がった、なんてことになったら、シャレにならないわ」

「開けない！ 開けない‼ で、でも……なんか、動いていないか？」

「まだ生きてるからね。仮死状態で詰め込んでいて、ほとんど動けないだけよ」

「――っ‼」

アイリスの顔から、血の気が引く音が聞こえた気がした。

「大丈夫ですか、アイリス？ 大丈夫だが……うん、ここにいさせてくれ」

「い、いや、大丈夫だ。気持ちが悪いなら――」

アイリスが移動した先は私の後ろ。

私の両肩に手を置いて、覗き込むようにして恐々と瓶を見ている。

「でも、私もこの虫は見たことないですね。形状はそれっぽいですけど。新種ですか？」

「どうかしら？　ゴキブリを研究している人なんて、いないしねぇ」

魔物ですらあまり研究されていないのだ。ただの虫など何をか況んや、である。

そもそも私の家は清掃の刻印があることに加え、ロレアちゃんもいるので、掃除が行き届き、ゴキブリなんて出没しない。実物を見たのもかなり久し振りだったりする。

「しかしマリスさんも、こんなにたくさん詰めて送ってこなくても……」

――嫌がらせ？　嫌がらせなの？

疫病の最前線で戦っている彼女から、安全な後方にいる私たちへの。

そんな感情が顔に出ていたのか、レオノーラさんがこちらを見て肩を竦める。

「いや、別に嫌がらせじゃないわよ？　――同じような瓶が何本も届いていても」

「それはどう考えても嫌がらせだろう……？」

「じゃなくて。その虫、忌避剤があまり効果がないみたいなのよ。虫除けベールみたいな錬成具を含め。更に普通の殺虫剤じゃ死ななかったみたいで」

「……本当ですか？　ただの殺虫剤だけじゃなく、錬成具も？」

そんな虫が増えてきたら、私の商売、あがったりなんだけど。

虫除けベールや排虫器、ヨック村での定番商品だし。

「そうなの。で、それを殺せる殺虫剤を作ってほしい、それがマリスの依頼よ。強力な毒を使えば殺せるけど、そういうわけにもいかないでしょ？」

「ですねぇ。感染源の徹底的な駆除を考えると、町中に散布しないといけないですし。蔓延が終わると同時に人の営みも終わったんじゃ、意味がないですから。あはは」

　軽く笑う私に、ケイトが焦ったようにこちらを見る。

「いや、サラサ、笑えないからね？　感染源と一緒に感染対象がいなくなるとか、冗談じゃ済まないから。破局してるから」

「見方によっては、完璧な疫病の終焉ですね」

「町の歴史も終焉を迎えるわけだけどね！　ホント、頼むわよ、サラサ。焼いてしまった方がまだマシだった、とかそんなこと言われないように」

「冗談ですよ。私、破滅願望なんて持ってませんし」

　私がパタパタと手を振って否定すると、レオノーラさんも小さく頷く。

「状況次第では、そういう選択肢もないとは言わないけど、できれば避けたいわね」

「あ、あるのか⁉　そういう選択肢が⁉」

　アイリスが驚きの声を上げるが、その声は一つだけ。

　彼女が他の人の顔を窺う中、クレンシーがおもむろに口を開く。

「アイリス様、領地全部よりも、町一つ。それを選ぶことも為政者の仕事かと。もっともその場合には、この老骨の責で行わせて頂きますが」

「ここまで広がっていると、意味がないだろうけどねぇ。でも、今回はともかく、上に立つとそういう責任から逃れられないのは間違いないんじゃない？」

「賛成はできないけど……サラサはそういう立場でもあるのよね。私も他人事じゃないけど、万が一のときに支えるのはあなたの役目よ？」

「む、むぅ……が、頑張る……」

年長組三人から私の背後に向けられた言葉と、私の肩で震えた手。

気弱に響く声に、私はそっと包み込むようにしてアイリスの手に触れた。

「アイリス、心配しなくても私は、そんな決断が必要ないように立ち回るつもりです。差し当たっては、その虫に効く殺虫剤を作れば良いんですね？」

「そうね。それが最低限。その虫だけを殺すような錬成薬なら最高ね」

レオノーラさんは私の問いに答えながらも、その目は何か言いたげに私の肩口へと向いている。私はそんな彼女の口を塞ぐように、強い視線を向けつつ頷く。

「解りました。先ほどの薬を作るのと併せて、こちらの研究にあたります。これが鍵となりそうですから。しかし、よくぞマリスさんは、この虫が感染源と特定できましたね？

一体どうやって……？　短期間では難しいと思いますけど」

いくつものケースを丹念に調査し、共通する要素を洗い出し、仮説を立てて、実際に起きた結果で更に検証し。普通にやればかなりの時間がかかるはず。

仮に予測ができたとしても、たったこれだけの期間で確定することなんて……。

「何やら、協力したいと言って押しかけた人のおかげみたいね。その人たちが実験に協力してくれたみたいよ？」

「そ、それって、人体実験――」

私の言葉を遮り、レオノーラさんが迫力のある笑みを浮かべる。

「サラサ、間違えちゃダメ。いい？　善意の協力者、よ？」

い、いくらなんでも、治療法も判っていない病気に感染させられても良いと、名乗りを上げるなんて――あ。

「もしかして、その善意の協力者、気絶するほど殴られた痕があったりしません？」

「さぁ？　私は知らないわね？」

……………うん、追求はするまい。私も知らない。

その尊い献身に応える、それだけを考えよう。

「解りました。それでは早急に準備してヨック村に戻ります。アイリス、ケイト、準備を。

「クレンシー、何かあれば連絡してください」

「かしこまりました。緊急事態や新たな情報があれば、すぐに」

恭しく頭を下げるクレンシーに頷き、レオノーラさんに顔を向ける。

「レオノーラさん、お手数をお掛けしますが、その時は――」

「ええ、任せて。すぐに伝えるわ」

「お願いします。それでは、急ぎましょう！」

僅かに見えた光明。

それを逃さぬよう、私は気合いを入れて力強く立ち上がった。

◇　◇　◇

何だか凄く久し振りに思える我が家を目にし、私は思わず駆け出した。

今回はケイトもいたので少し余裕を持って出発し、到着したのは夕食前。

既にお店の閉店作業は終わっているようで、扉には閉店の札が掛かっていたけれど、その扉を開けて中に飛び込む。

「ただいま～！」

事前にレオノーラさんの所から連絡していたからか、まだ店舗スペースにいた二人は笑顔で私を出迎えてくれた。

「あ、サラサさん！　お帰りなさいです」

「サラサ先輩、お疲れさまです！」

「うん！　帰ったよっ。はー、ここに戻ってくると、ホッとするよ～」

サウス・ストラグの領主館は立派だったけれど、落ち着けるのはやっぱりここ。

その雰囲気を改めて感じていると、アイリスとケイトも私を追って中に入ってきた。

「元気ね、サラサ。私は疲れたわ。ただいま、二人とも」

「行きよりもゆっくりだったからな。サラサなら余裕だろう。ただいま」

「はい、お帰りなさいです」

「サラサ先輩のお供、お疲れさまでした」

「お供って……ま、いっか。それより、ヨック村に変わりはない？」

疫病が発生したとは聞いていないけれど、一応確認してみれば、ロレアちゃんは嬉しそうな笑顔で応えてくれる。

「ないです。むしろ採集者の皆さんは、いつもより張り切ってます。公衆浴場の方も盛況で……エリンさんは『これなら今後も』とほくそ笑んでますし、村の人も『村に活気がある』とちょっと喜んでます。あ、サラサさんの言った手洗いとかも守られてますよ？」

さすがはエリンさん。思惑が当たったってところかな？

村の空気が暢気なのは、疫病が蔓延しているという実感が湧かないからだろうけど。

一生村から出ないなんて人もいる中、遠く離れた町のことなんて、きっと私が思う以上に別世界のこと。それでも協力してくれているのだから、喜ぶべきことなんだろう。

「持ち込まれる素材も多いんですよねぇ。おかげでボクは大変です」

少し疲れているのか、ミスティが「はぁ～」と深く息を吐き、肩を落とす。

実際、カウンターの上を見ると、持ち込まれたばかりと思われる薬草や茸など、錬成薬の材料となる素材が山と置かれたままになっている。

鮮度を考えると、これらは今日中に処理してしまいたいわけで……。

「それはそれは。でも、今はとにかく薬の材料が必要だから、助かるよ」

「でしょ？　サラサ先輩、頑張ってるボクに何かお土産とかあっても、良いんですよ？」

こんな状況、本当に期待しているわけじゃないのだろう。

ミスティは冗談っぽく言うけれど……実はあるんだよねぇ。嬉しくはないだろうけど。

「そう？　じゃあ、早速お土産を見せてあげようかな？」

「「うっ」」

「——？」

私が何を出すつもりか察したのだろう。

アイリスとケイトが呻き、ミスティとロレアちゃんは不思議そうに小首を傾げる。

そして私は、鞄の中からあの瓶を一つ取り出し、カウンターの上に置く。

素早く明後日の方に視線を向ける、アイリスとケイト。

対して、ロレアちゃんとミスティの視線は、その瓶に向いて……。

「え、それは……」

「ん～？　——っ‼　きゃぁぁぁぁ！」

瓶を注視してグッと寄っていたミスティの眉根が開かれ、彼女の上げた甲高い悲鳴がお店の窓を揺らした。

「ミ、ミスティ、近所迷惑——って、ほど近所はいないか」

「な、な、なっ、なんて物を出してるんですか！　サラサ先輩⁉」

「ん？　ちょっと珍しいお土産？」

私に詰め寄り、肩を掴んでガクガク揺らすミスティに、私は「あはは……」と笑いながら答える。

「最悪のお土産ですよっ！　珍しければ良いって物じゃないですよ‼　毛の先ほどでも期

待したボクに謝ってください！　賠償が必要となる案件ですっ！」

揺れる視界の端でアイリスたちが頷いているのが見えるけれど、ロレアちゃんは――。

「えっと、サラサさん。私、昆虫食はあまり得意じゃなくて……。今日帰ってくるって聞いてたから、美味しい夕食の準備をしてますよ？」

「得意じゃないって……ロレア、食べられるの⁉」

目を剥いたミスティに、ロレアちゃんは困り顔で笑う。

「う、う～ん、折角のお土産だから、一つぐらいは頑張って？」

「ゴ、ゴキブリだよっ⁉　それ！」

「いえ、ゴキブリとは違いますよ？　だけど、残りは誰か得意な知り合いに――」

「待って、待って、ロレアちゃん。それはある意味でお土産ではあるけれど、食べ物じゃないからね？　どっちかというと、お仕事だからね？」

迷走しかけている話を慌てて軌道修正。

ここは、普通に昆虫を食べる人がいる村であることを忘れていた。

いや、確かにそういう物もあるから、勘違いするのも解らなくはないけどね？

「あ、そうなんですね。良かったです。今日のデザートがこれになるのかと」

ホッとしたように息を吐くロレアに、アイリスとケイトが顔を顰めて首を振る。

「そんな夕食、いくら美味しい料理でも、私は嫌だぞ？」

「その虫じゃなくても私はダメだから、ロレア、ここの食卓に出すのは止めてね？」

「大丈夫ですよ。さっき言った通り、私も昆虫食は得意じゃないので」

けど、アイリスもケイトも、腐果蜂の時に昆虫は食べてるんだけどね——しかも生で。

でもそれは、私とロレアちゃんだけの秘密である。

「サラサ先輩が常識を持っていて良かったです。でも、お仕事ですか？」

「そう。詳細はまた話すけど、この虫を殺せる殺虫剤の錬成を依頼されたの」

「殺虫剤？　ただの？　腕利き錬金術師のサラサ先輩に？」

錬金術で作る殺虫剤はあるけれど、わざわざ持ち帰ってくるほどの仕事なのか。

事情を知らないミスティが、そんな疑問を浮かべるのも当然。

とはいえ、久し振りの団欒の前に話すのも何なので、私は取りあえず瓶を片付ける。

「腕利きかどうかはともかく、そうだよ。でも、その話は後にして、ロレアちゃんの夕食前にこの素材、処理しちゃおうか。ミスティ、工房に行くよ？」

「ちょっと気になりますけど……解りました。えへへ、久し振りにサラサ先輩と一緒に錬成ができますね！」

「所詮は下処理、言うほどの作業ではないと思うけど？」

「でも嬉しいんですよ。折角弟子入りしたのに、留守にしていることが多いんですもん」

少し拗ねたようにそっぽを向くミスティ。

でも言っていることは正論で、私は言葉に困り、視線を泳がす。

「あー、それは、うん。ゴメンね？　特殊な事情が重なって……」

「解ってます。この前のことでは、ボクもその一端を担っちゃってますし。でも、できたら一緒に行動したいです。ボク、弟子、ですよね？」

こちらを振り返り、上目遣いで見てくるミスティに私は当然と頷く。

「うん、そうだよ。一緒に行動は……考えておくね？」

実際、申し訳ないと思っていたのは事実だから。

ただ、今の状況だと危険なのは間違いないので、そこは安易に頷けない。

「まずは素材の処理かな？　あ、アイリスたちはお風呂にでも入ってきて。ロレアちゃんは夕食をよろしく。手早く終わらせるから」

「「わかった（わ）」」

「はい。美味しい物、作りますね！」

すぐに応じてくれた三人に頷くと、私はカウンターの素材を抱え、尻尾を振っているミスティを連れて工房へと向かったのだった。

五人で囲む久し振りの食卓は、話が弾んだ。

折角美味しい物を食べているのだからと、暗い話題は極力避けて会話を楽しむ。

ロレアちゃんが準備をしてくれていたというのも本当だったようで、手の込んだ料理と美味しいデザートまでたっぷり頂き、お腹と気持ちは満足。

一息ついたところで、私たちは真面目な話題に移った。

「共音箱でも少し訊きましたけど……サラサさんたちが戻ってきたのって、疫病の問題が解決したから、ではないんですよね？」

「うん。解決するため――その糸口になりそうな物を錬成するために戻ってきたって感じかな？　それは、さっき見せた瓶にも関係があるんだけど――」

「あ、出さなくて良いですからね？」

機先を制するように口を挟んだミスティに苦笑を返しつつ、私は頷く。

「さすがに見せないよ、ここでは。そのぐらいの常識はあるよ？」

あれは食卓に出すような物じゃない――私だって好んで見たいとは思わないし。

「良かったです。ボクも錬金術師、心構えをしていれば耐えられますけど、美味しい料理を食べた直後にゴキブリの詰まった瓶を見るのは――って、そういえばロレア、あれがゴキブリじゃないって言ってたよね？」

「はい、似ていても違いますから。――以前は普通に見てたので」

「「あぁ……」」

スッと目を逸らしたロレアちゃんの言葉に、私たちは揃って頷く。

頑張って綺麗にしていても、どこからか現れるあん畜生。

刻印のような特殊な機能を持たないロレアちゃんの実家なら、珍しくはないだろう。

「それでね、目的は主に二つ。病気の進行を抑える錬成薬が開発されたから、それをできるだけ多く作ること。もう一つは、さっき見せた虫を殺せる殺虫剤を作ること」

私が大まかに目的を告げると、ミスティが声を上擦らせて目を丸くする。

「は、え、今回の疫病って、正体不明って話じゃなかったですか？　それなのに、進行を抑える錬成薬がもう？　凄くないですか？　――凄いですよね？」

「うん、凄いね。しかも、開発したのはマリスさんだから」

「「マリスさんが!?」」

ロレアちゃんたちが声を揃え――ミスティがポンと手を叩く。

「あ、同じ名前の――」

「いや、違うから。あのマリスさんだから」

「ははっ、二人もそんな認識か。私も凄く理解できるが」

「わ、私には、錬金術師さんの凄さは測れないので……」

アイリスに笑われ、ロレアちゃんが助けを求めるようにミスティを見るが、見られたミスティの方も困ったように私に尋ねる。

「え、えっと……マリスさんって、そんなに凄い人だったんですか？」

「病気には詳しいみたいだね。私以上だと思うよ？　手法の是非はともかく、この短期間で病気の感染源まで特定しちゃったし」

「サラサ先輩以上……。ということは、さっきの虫は？」

「そう。あれが感染源。取扱注意の代物だね。絶対に外に出ないように対処してからでないと、研究もできないぐらいに」

レオノーラさんじゃないけれど、ヨック村に疫病が広がる原因を自分が作った、なんてことになったら悔やんでも悔やみきれない。

「そんな危険なことをサラサさんが……。でも、必要なことなんですよね？」

「うん。この虫をなんとかしないと、疫病が広がるのを阻止できないから」

「ロレアちゃん、心配しなくてもサラサが感染することはないし、私たちも感染する確率はかなり低いはずよ。そうよね、サラサ？」

少し不安げなロレアちゃんを宥めるように、ケイトが言う。

本当なら強く断言したいところだけど……これぱっかしは難しい。

「おそらくは。でも心配しなくても良いよ。停滞薬はあるし、私もロレアちゃんを最優先するから。ロレアちゃんが死ぬときは、ロッホハルトが全滅しているときだから！」

「それは、それで怖いですよ⁉」

「私は聖人でもなんでもないからねぇ。優先順位はバッチリ付けちゃうよ？　利己的と言われようとも、一番優先するのは身近な人だよ」

私がきっぱり言うと、ロレアちゃんは口をもにょもにょさせて複雑そうな表情になり、それを見てアイリスが悪戯っぽく笑って口を開く。

「ちなみに、私たちの中だと――」

「アイリス、混ぜっ返さない。ショックを受けたくないでしょ？」

「ショックを受ける答えが返ってくると、決まっているのか⁉」

アイリスをケイトが制し、それにショックを受けるアイリス。

でも大丈夫。私もぼっちを卒業して久しい。

少しずつ、人付き合いというものを学んでいるのだ。

「心配しないでください。みんな一番だから！」

「「「…………」」」

「サラサ先輩、それっていつか刺されるタイプの返答ですよ？」

呆れ気味のミスティの反応。

──あれ？　まだ経験不足？　ぼっちレベルが高すぎた？

「ちなみに人付き合いが得意なミスティは、刺すタイプ？」

「いいえ。サラサ先輩が刺されるときに庇って、自分が一番になるタイプです」

「なるほど、これがコミュニケーション能力……難しい」

でも命を守ってくれるような相手なら、おそらく刎頸の友に──。

「いや、違うだろ⁉　騙されるな、サラサ。かなり悪質だぞ、それ！」

「ミスティ、サラサは大事な先輩で師匠じゃないの？　そうなる前になんとか……」

「でも、ロレアも友達ですし。恋路を邪魔するのはどうかと？」

それはきっと寝耳に水。

ロレアちゃん、びっくりである。

「刺すのは私⁉　わ、私、刺したりなんかしないよ？」

「そこを上手く誘導──じゃなかった。助言するのが友人としての腕の見せ所？　コミュニケーション能力を生かして！」

とんでもないことを言いつつ胸を張るミスティを、アイリスとケイトが愕然と見る。

「さ、最悪だ……。さすが商人、思った以上に強かすぎる！」

「所詮田舎娘の私たちには、とても対抗できそうもないわ……」

年長者二人は白旗を揚げるが、最年少は思ったよりも強かった。

不思議そうにミスティを見て小首を傾げ、口を開く。

「え、えっと、私は一番とか気にしないし、心配してるのは、ミスティのことだよ？　ミスティとサラサさんは直接研究するんだよね？　本当に気を付けてね？」

「――うっ。だ、大丈夫。ボクも病気の耐性は結構高いから」

ロレアちゃんの言葉にダメージを受けたかのように、ミスティが胸を押さえた。

「……田舎娘の純粋さが、商人に突き刺さったわね。あれがコミュニケーション能力！」

「なるほど、刺した相手は違ったが、ミスティの言う通りになったわけか」

「つまり、ここで庇えば私が一番に？」

すわ、私に漁夫の利の機会が？

「まさかそんな――って、元凶が何か言ってるわよ、アイリス」

「そうだな。サラサとは一度、人間関係について話し合った方が良いかもしれないいな」

「おっと。私は明日からの研究に備え、工房に虫除けの結界でも作ってこようかな？」

状況次第で引くことも必要。

これもきっとコミュニケーション能力。

私はフェードアウトするように、静かに椅子から立ち上がった。

◇　◇　◇

「それじゃ、ミスティ。今日から本格的に錬成薬作りに励むよ！」

「了解です！」

一晩英気を養い、私とミスティは二人で工房に籠もっていた。

ロレアちゃんはいつも通りに店番、アイリスとケイトは今回の錬成薬に必要な素材を、できるだけ多く集めるため、早速大樹海へと入っている。

「最初にミスティにやってもらいたいのは……」

「のは？」

「……瓶作りです！」

「定番作業！　錬金術師が弟子入りしたら、最初にやらされるやつだぁ～」

意気込んだ割にやることが普通すぎて、ミスティがちょっぴり肩を落とす。

「ゴメンねぇ。単純作業だし、あんまりやらせたくはないんだけど、今回ばっかしは必要だから……」

私のお店では錬成薬瓶の回収をしているので、普段はあまり新しい瓶を必要としない。

でも今回の錬成薬が使われるのは他の町。そもそも回収する瓶自体がないのだから、新しい瓶を大量に作るしかないのだ。

「いえ、解ってます。ただ、サラサ先輩と一緒に錬成できるかなって、思ってたから」

「殺虫剤の研究は一緒に頑張ろうね？　〝停滞薬・改〟はさっさと作っちゃうから！」

「いえ、普通はそんな簡単じゃ——解りました。頑張ってください」

「任せて！」

諦めたようにガラス炉の方へと向かうミスティに頷き、私は錬金釜へと向き直る。

最初に作るのは、停滞薬・改。

詳しいレシピはマリスさんが書いてくれているし、初代よりもむしろ作りやすくなっているので、困るようなことはない。

大きな錬金釜を魔力炉の上にドンと置き、中に素材を放り込んでいく。

「えーっと、これの在庫が一番少ないから、それに合わせて分量を……」

レシピに書かれている素材の分量は一瓶分。さすがに一つずつ作るのは面倒なので、手持ちの素材で作れる最大量を計算し、比率を合わせて素材を計量する。

「……サラサ先輩、大量に入れてますけど、大丈夫ですか？」

「ん？　もちろん。ミスティが下処理してくれてたから、随分楽だよ。ありがと」

例えば薬草をそのまま放り込むより、その成分を抽出した液を入れる方が何倍も楽になる。もちろん抽出の技術が未熟だと逆効果だけど、ミスティならば信用できる。

私が留守にしていた間、本当に頑張ってくれていたみたいで、思った以上に下処理の終わった素材が溜まっていて……弟子って、ありがたいなぁ。

「どういたしまして——じゃなくて。そんなに一度に錬成して、失敗しちゃったら……」

「大丈夫、私、失敗しないので！　——少なくとも、これぐらいなら」

「それ、他の人が言ったら、絶対笑い飛ばす自信があります」

ミスティが「サラサ先輩ですもんねぇ」と言って苦笑する。

ガラス炉の中身をかき混ぜている彼女の額には玉のような汗が浮かび、頬へと流れる。

私はそれをタオルで拭き取ってあげてから、他の素材を棚から取り出す。

「錬成の難易度と自身の魔力量をきっちり把握しておけば、失敗せずに錬成できる量が解るようになるよ。もちろん絶対はないけど、失敗を恐れて少しずつしか錬成できないようじゃ、商売にならないからね」

暇でやることがない、というのなら、一瓶、一瓶、丁寧に錬成薬を作るのも良い。

でも、そうやって作った錬成薬と一〇〇本纏めて作った錬成薬の品質に差がないのなら、商売的に正しいのは絶対に後者。

錬成の効率化で時間と魔力に余裕ができれば、より多くの商品を作れるし、錬金術の研究をする時間も取れるし、自分で素材を集めに行くことだってできる。

「如何に時間とお金を作るか。それが錬金術師として成長するために必要なことだと思うんだ、私は。ミスティにも色々経験させてあげたいんだけど……」

「今でも十分ですよ？　下手なところに弟子入りしたら、瓶作りと屑魔晶石を砕き続けて数年ってことになるらしいですから。まさか、いきなり留守を任せてもらえるとは！」

「あはは……良いことなのかどうか」

——よし、素材の計量は完了。

あとは混ぜながら魔力を注ぎ、途中で入れる素材を順番に投入していく。

必要な魔力はあまり多くないけど、注ぎ方は少し特殊。

錬成の技術が不足していたら、このあたりは失敗するポイントかも。

「む、むむむっ……よし、完成！」

「え、もう、ですか⁉　錬成薬瓶、まだまだ足りませんよ⁉」

「手間の面ではこっちの方が少ないからね。……うん、品質に問題はなし」

錬成釜の中から掬(すく)い取(と)った錬成薬(ポーション)の色は半透明の緑色。

真っ黒で怪しげだった初代に比べ、見た目的には圧倒的にこっちの方が飲みやすそう。

「それじゃ、私も瓶作りを手伝おうかな」

「すみません、サラサ先輩」

「気にしなくて良いよ。錬成薬瓶(ポーシン)を作る錬成具(アーティファクト)でもあれば良いんだけど、こんなに作ることなんてまずないしねぇ。手間を省くために回収システムも作ったし？」

ミスティと隣り合って、型を使って瓶をポコポコ作る。

それを適度に魔法で冷やしつつ、常温にまで冷えたら停滞薬・改を注ぐ。

ちなみに、こんなことができるのは、錬成薬(ポーション)瓶に使うガラスの素材が特殊だから。

錬成薬(ポーション)瓶は忙しい錬金術師の要請もあり、歴史的に色々な改良が加えられた結果、整形後にいきなり水の中に放り込んで急冷でもしない限り、割れたりも歪(ゆが)んだりもしない。

だからこそいくらでも作れ、休む余裕もなかったりするので、善(よ)し悪(あ)しだけど。

汗だくになりながら二人で頑張り、やがて錬金釜の底も見え始める。

「これで……終わり、ました～。疲れたぁ～！」

最後の瓶に停滞薬・改を注ぎ、蓋をしたところで、ミスティが開放感に溢(あふ)れた声を上げながら、『わ〜い！』と万歳をした。

「お疲れさま。私の方も……できた！」

最後のあたり、錬成薬瓶(ポーション)作りはミスティに任せ、他の物を作っていた私は、できあがったそれをトン、トンと二つ、作業台の上に置く。

材質は錬成薬瓶(ポーション)と同じガラスで、大きさは一人用の水筒サイズ。

握りやすいように真ん中がくびれていて、口の部分に霧吹きがついている。

「サラサ先輩、それは消臭薬の瓶ですか？　あんまり売れてませんけど……」

消臭薬の瓶も霧吹き付き。

お店に並べているのを見たのか、ミスティがそう言って小首を傾げる。

「いや、消臭薬も詰め替えで売ってるから、こんなサイズでは売らないよ？　持ち歩きにくいし。——ついでに言うと、ちゃんと固定客はいるから」

身形(みなり)に気を付ける人や、気遣いのできる人には定期的に売れているのだ、あれは。

「そうじゃなくて、これはもう一つ作る予定の錬成薬(ポーション)を入れる瓶だよ」

「もう一つ……殺虫剤？」

「違う違う。これはね？」

私はちょいちょいとミスティを近くに招き、声を潜める。

「死体を処理する薬――分解薬とでも言おうかな？　それを入れるの」

「な、なんだってぇ‼　――と、付き合って驚いてみましたけど、それ知ってますよ？　以前、アイリスさんと一緒に猿の死体で実験したやつですよね？　ボクも見てましたもん。声を潜める必要、ありました？」

呆れと疑問、ミスティから二つが混じった視線を向けられ、私は頭を掻く。

「いやー、やっぱりちょっと外聞が悪いでしょ？　悪用もできる物だから、まだまだ一般人、常識人のロレアちゃんにはあまり聞かせたくなくて。まだ未成年だし？」

「……あ。しっかり働いているから忘れがちですけど、ロレアって、まだ成人してなかったんですよね。なるほど、納得です。それで昨日も？」

「そう。言わなかったの。まぁ、主目的の二つと違って、錬成経験のある錬成薬ってこともあるけどね。だから、秘密だよ？」

「いえ、誰にも言いませんけど……作っちゃうんですか？」

危険性はそれなりに理解できるからだろう。

ミスティが困ったように、そして心配そうに眉根を寄せ、私を見る。

「作っちゃうんです。実は死体の処理が問題になっているらしくて。放置するわけにもいかないけど、処理をする人も足りない。私も気は進まないけど、苦肉の策かなぁ……」

「放置はできないですよねぇ。下手をしたら、他の病気まで広がりかねませんし」

「そうなんだよ」

ミスティには言わないけど暴徒のこともあるから、死体処理の問題は本当に頭が痛い。

「普通に弔う余裕ができるまでは致し方なし、だねぇ。そんなわけで作っていくわけだけど、その前に休憩かな？　ちょっと汗を流しに行こうか」

「ですね。べたべたで、さすがに気持ち悪いです」

分解薬は停滞薬・改に比べると錬成の難易度が高い。特に問題となるのが必要な魔力量で、万全を期すなら、私でもしっかりと回復した状態で行いたい。

私とミスティはお風呂(ふろ)で軽く汗を流し、ロレアちゃんが用意してくれたお昼ご飯を食べて一休み。体力、気力、魔力共に回復したところで、分解薬の作製に着手した。

「まずは素材の準備から。ミスティ、レシピについては――」

私が念を押すと、ミスティは真剣な顔で頷く。

「解ってます。絶対に他言しません」

「うん、お願い。元は師匠に貰(もら)ったものだし……師匠は気にしなさそうだけど、一応ね」

「まかり間違ってオフィーリア様に睨(にら)まれたりしたら、ボク、死んじゃいますからねぇ」

大袈裟(おおげさ)に両腕を摩(さす)るミスティの様子に、私は苦笑する。

「いや、師匠はそんなこと、しないと思うけど……優しいよ？」

「冷たい人ではないですけど、扱いに差はありますよ？　間違いなく」

「そうかな？　……そうかも？」

弟子とそれ以外の区別は、しっかり付けている気はする。

でも、他の人に冷たいわけじゃなくて……解りにくいところあるからなぁ、師匠って。

「ちょっと露悪的なところがあるよね？」

「ボクは付き合いが深くないですから……。でも、サラサ先輩が言うならその通りなんだと思います。何年も師事していたわけですし」

「うん。尊敬できる師匠であること以前に、私の恩人でもあるかな。大事な人だよ？」

「あはは、アイリスさんが嫉妬しますよ？」

「そうかな？　アイリスの好意はどこまで本気なのか、いまいち判らないところがあるんだよね……。好かれているとは思うけど、アイリスは元々貴族だし」

「サラサ先輩は、もう少し男女——じゃないですけど、心の機微に触れるべきだと思いますけどねぇ……。刺されるは冗談にしても、ね？」

「…………」

困ったように無言の私に、ミスティは微かな笑みを浮かべて言葉を続ける。

「ふふっ。それで、素材はどれくらい用意します？　貴重な素材も多いので、在庫が少ない物もありますけど」

「えっと……、この瓶一つ分だね。それなら素材も足りるはずだから」

無理に追及はしないミスティに感謝しつつ、私が作業台の上に置いたのは、さっき作ったスプレー付きの瓶。

安全マージンを取ると、これぐらいが確実に作れる最大量だろう。

失敗すると金銭的にも、素材の入手性的にもダメージが大きいので、無理はしない。

「ふむふむ、それなら大丈夫そうですね。──それ一瓶でどれぐらいの？」

「え？　……あぁ、上手く使えば三〇〇〇人は処理できるかな？」

曖昧な問いに私は一瞬首を傾げ、すぐにミスティの訊きたいことを理解して、おおよその数を答える。

「さ、さんぜん……。それが最低でも二本必要……？」

「かなり余裕をみてるけどね？　さすがに効率的には使えないと思うし」

平穏なヨック村にいるとあまり実感できない現実を、その数字から感じたのか、ミスティの顔から少し血の気が引く。

でも、実際のところ、私もミスティと大差はない。

サウス・ストラグで緊迫した空気は感じていたけれど、直接現場は見ていないから。

しかしマリスさんは、その渦中に身を投じているわけで。

だからせめて、多少無駄遣いしたとしても足りるだけの分解薬を送りたいところ。

「でも現状では、もう一瓶作るだけの素材はありませんよ？」

「そこはアイリスたちに期待かな？　必要な物は頼んでるから。それでも集まらないようなら、他の採集者に依頼を出しても良いしね」

そのあたりは臨機応変。大半の錬金素材は『あそこに行けば採れる』って物でもないから、ある程度は人海戦術でなんとかするしかない。

「けど、まずは今あるこれを、ちゃんと錬成しないとね」

集中せずに作れるほど、分解薬は甘いものじゃない。

私はゆっくりと錬金釜に触れ、慎重に錬成を始める。

素材をかき混ぜながら魔力を注ぎ始めると、吸い取られるように魔力が減っていくけれど、それに影響されないよう、注ぐ魔力量は常に一定を維持する。

ミスティも私の横で必要な物を手渡してくれたり、指示した通りに素材を錬金釜に投入してくれたりして、サポートに余念がない。

それは小さなことだけど、とてもありがたい手助け。

錬金釜から目を離す必要がないし、素材の確認に意識を割く必要もないのだから。

そして私の魔力が半分ほど消費され、最終工程に入る。

ミスティが最後の素材を錬金釜に注ぎ、私が一気に流す魔力の量を増やし……もう少しで完成。あとはこの魔力を維持すれば――。

「サラサ、採ってきたぞ！」

「「――っ!!」」

唐突に工房の扉が開かれ、私とミスティの身体がビクリと震える。

それに伴い、注ぐ魔力も揺らぎかけ、私は錬金釜を抱えるようにして必死で耐える。

「――うぬぬぬっ！」

ここで失敗したら終わり。

投入した素材も、魔力も、すべてが無駄になる。

ミスティが全身を緊張させ、無言で両手をギュッと握って私を見つめる。

その視線に励まされるように、私は息を止めて、ぐっと魔力を込める。

「こ、れ、でっ――完成！――っ、ふぅ～～」

「よ、良かった……。はぁ～～」

「あぁ、あわわわ……」

私とミスティが揃って大きく息を吐き、アイリスが両手を所在なく動かして意味不明な言葉を漏らしていると、そこに入ってきたのはケイトだった。

「アイリス、急に飛び込んだら迷惑に――あ、もしかして、タイミングが悪かった？」

「ええ、とても。もう少しでアイリスの借金が増えるところでした」

たとえ結婚していても、そのあたりは厳しくいくよ？

今は家族だから、怪我をしたとかそういうので、正規料金を払えなんて言うつもりはないけれど、ドジについては別。損害分はきちんと払ってもらう。

私だって、アイリスが採ってきた素材を、ちゃんと代金を払って買ってるんだから。

「サラサ、す、すまないっ！　無事に採れたことが嬉しくて……」

「なんとか失敗せずに済んだので、良いですけど……気を付けてくださいね？」

「うむ、気を付ける！」

動揺したように頭を下げるアイリスに、私が注意しつつも謝罪を受け入れると、彼女はすぐに笑顔に戻る。

隣でミスティが「甘いですねぇ。ボクなら、もっとチクチク言いますけど……」とか呟いているけど、まぁ、この元気さがアイリスだしね？

「それで、何が採れたんですか？」

「あ、うん、サラサから頼まれた素材。見つかったぞ！」

「え、もう⁉　絶対何日かかかると思ってたんですけど……助かります」

アイリスが嬉しそうに見せてくれたのは、分解薬に必要な素材の中でも特に見つけにくい素材。まさか一日で採ってきてくれるとは……これは嬉しい誤算かも。

「ふっふっふ、これでも私は、採集者として成長しているのだ！」

アイリスが得意げに胸を張るけれど、このレベルの素材を日常的に採取できるなら、本当に誇って良いと思う。かなり余裕を持って生活できるぐらいに稼げるから。

でも、そこはアイリス。

まだまだ抜けはあるようで、ケイトが苦笑しながら指摘する。

「アイリス、忘れてない？　他にも伝えることがあるでしょ？」

「おっと、そうだった。途中でアンドレたちと会ってな。サラサが帰っていると伝えたら、挨拶したいと言うので連れてきた。店の方でアンドレが待っているぞ」

「アンドレさんが？　解(わか)りました。ミスティ、後をお願いできる？」

「はい。分解薬を瓶に詰めて、後片付けをしておけば良いですか？」

「うん、それでお願い」

あまり待たせるのも申し訳ない。

錬金釜の洗浄など、細かな後片付けをミスティに任せ、私は工房を出る。

こういった雑用を任せてしまえると、何だか弟子を持ったと実感するなぁ、などとあまり関係ないことを考えつつ、店舗スペースへと向かえば、そこでは久し振りに顔を見るアンドレさんが、ロレアちゃんと雑談しながら待っていた。

「お、サラサちゃん。帰ってきたって聞いたから、挨拶に寄らせてもらったぜ」

「こんにちは、アンドレさん。今回のことでは色々手伝ってくれているみたいで……ありがとうございます」

軽く片手を上げたアンドレさんに、私はお礼の言葉を口にする。

入浴剤に始まり、その他、薬に使えそうな素材を率先して集めてくれているのが、アンドレさんたちベテラン勢。停滞薬・改を大量に作れたのも、彼らが集めておいてくれた素材があってこそ。今回の疫病対策の重要な裏方である。

「なに、疫病に関しては、俺らも他人事じゃねぇからなぁ。むしろこっちが礼を言いたいぐらいだぜ？　こんな状況でも、サラサちゃんは買い叩くわけじゃねぇしなぁ」

「そこはきっちりしておかないと、協力してもらえなくなりますから」

緊急事態に負担をするべきなのは、採集者ではなく領主、延いては領民全員だろう。

それこそ必要なら臨時徴税をしてでも、頑張ってくれる人に報いる必要があると思う。

幸い、ロッホハルトには余裕があるから、今のところは大丈夫そうだけど……場合によっては落ち着いてから、考える必要があるかもしれない。

「それで……どんな感じだ？　訊いちゃマズいことなら、言わなくて良いけどよ」

「そうですね、詳しいことは言えませんが、改善の兆しはあります」

躊躇いがちに尋ねるアンドレさんに返せた答えは曖昧だったけれど、それでもアンドレさんは驚いたように、顔を輝かせた。

「マジで⁉　それは朗報だな！」

「はい。そのためにも、皆さんには今後も協力して頂きたいんですが」

「何でも言ってくれ。できることならいくらでも協力するぜ？」

「それじゃあ、早速ですけど、集めてほしい素材があるんです」

分解薬についてはアイリスのおかげで目処が付いたけれど、停滞薬・改は継続的に服用しなければいけない薬だし、今後も必要な人は増えていくだろう。

そのことを考えれば、素材を多く在庫しておくことは必須だ。

幸いなことに、停滞薬・改に使う素材は確定している。これまでよりは素材集めも捗るだろうと、私は必要な物を書いたメモをアンドレさんに差し出した。

「どれ。……ふむ。あんま、難しい素材はねぇな。これなら新人以外は問題なさそうだ。

知り合いには声を掛けておくぜ」

「助かります。それと今後、また別の素材が必要となるかもしれません。その時は――」

「任せてくれ。俺たちがサラサちゃんに何かできることなんて、そうそうねぇ。この機会にしっかり恩を売っておくからよ！」

　そう言ったアンドレさんは、ニヤリと笑って親指を立てた。

　停滞薬・改と分解薬の第一便をサウス・ストラグへと送り出した私たちは、その翌日から殺虫剤の研究に取り組んでいた。

　間違っても虫が工房から逃げ出さないよう、再度、入り口に虫除けの結界が施されていることを確認、内からも外からも虫が出入りできない状態で、ピンセットを使って瓶から一匹の虫を取り出し、別の広口瓶へと移した。

「う～、心構えをしていても、やっぱり嫌悪感は感じますね」

「虫だからねぇ……。見た目もあんまりよくないし。――なんか名前でも付ける？」

　虫、虫、と言っていたら、区別が付きにくいし。

「せめて、名前だけでも可愛く、ですか？　それは逆に、こう……あれじゃないですか？　上手く言えないですけど」

「ううん、別方向に。色々実験しても、心がまったく痛まないような名前を。例えば……〝バールさん〟とか？」

「……なんです、それ？」

「アイリスとか、私の可愛い義妹とかに嫌らしい目を向けていた、今は亡き商人の家名」

あまり関わりがなかったミスティはピンと来なかったようだけど、少し考えて気付いたようで、「あ……」と声を上げた。

「それって、ボクが捕まっていた、あの盗賊村にいた？」

「そう、ホウ・バール。彼も、彼の商会も既にないことだし、名前ぐらいは残してあげようかと？」

　彼らはさすがにやりすぎたからねぇ。

　詳しくは知らないけど、捕縛された後、結局は処刑されたと聞いている。

「歴史に残るレベルで危険な虫の名前ですよ？　さすがにそれは、あからさますぎです。個人的怨恨で名付けると、サラサ先輩の名前に傷がつくかもしれませんし……少し捻って〝バルさん〟ぐらいにしておきましょう」

「あんまり捻ってない気もするけど……了解。今後この虫はバルさんと呼称します」

そう言って私がビシッと指さすと、最初、瓶の底で固まったまま動かなかった虫——改め、バルさんは、私たちが命名式をしている間にピクピクと震え始め、やがて足を伸ばし、瓶の底をカサカサと歩き回り始めた。

「あ、動き出しましたね。ちゃんと生きているようです。……これって、マリスさんが何かしていたんですか？」

「仮死状態にして瓶詰めにしているみたいだよ？　さすがにそのままじゃ死ぬかもってことで。もっとも、想像以上にしぶとくて、そのまま詰め込んだものでも未だに——一週間以上経っても生きているみたいだけど」

私が持ち帰った物は仮死状態のものだけど、そうじゃない瓶も持っているレオノーラさんがそんなことを言っていた。

それを聞いたミスティは、眉をひそめてじっとバルさんを見る。

「共食いもせずにですか？　それって、異常じゃないですか？」

「虫には詳しくないから判らないけど、ちょっと普通じゃない気はするよね。虫の研究家でもいれば意見を聞けるんだけど……」

「サラサ先輩に心当たりは？」

「実は…………ある」

少し矯めて私がそう答えると、ミスティが驚き声を上げ、目を丸くした。

「え、凄いですね⁉　サラサ先輩って友達少ないから、全然期待してませんでした」

「酷い言われよう⁉　ノルドラッドさんっていう、いろんな本を書いている人なんだよ？

——友達ではないけれど。というか、友達にはなりたくない人だけどね？」

先日献本されたサラマンダーに関する専門書。

あの巻末にあった既刊一覧には、それっぽい物も含まれていた。

それらの本を読めれば少しは参考になるかもしれないけど、それがあるのは王都であり、残念ながら今は役に立たない。

「つまり、ちょっと厄介な人、と？」

「うん、悪気はないけど、迷惑を掛ける人？　今だけはちょっと会いたいけど、難しいだろうね。普段は王都にいるみたいだし」

いくらフットワークの軽いノルドさんでも、たまたまこの周辺にいる、なんて幸運はさすがにないだろう。

「取りあえず虫の常識は措いておいて、バルさんは凄くお行儀が良くて、飢餓状態にも強いと。……滅茶苦茶厄介じゃないですか？」

「うん、厄介な性質だね。駆除するという点では」

目に見える範囲にいるバルさんを駆除しても、どこかの隙間に入り込んで、じっとしている個体がいたら……？

疫病が収まってホッと一息ついた頃に、バルさんが大復活して大慌て、なんてことにもなりかねない。

「……まずは、どれぐらいの毒なら死ぬのか、それを調べてみましょうか」

「そうだね。それじゃ手分けして、何種類かの毒を作ってみよう」

錬金術大全に載っている、強さの違う何種類もの殺虫剤。

鼠(ねずみ)などの害獣に使う毒。

大型の害獣駆除で毒矢に使う毒。

他にも少し危険な物から、すっごく危険な物まで複数の毒を錬成して、弱い毒から順に試してみたのだが……。

「ちょっと、これ、想像以上にしぶとすぎません？　本当に虫ですか？」

「この結果は、さすがに予想外だったかも」

弱い殺虫剤が効かないのは当然として、一番強い殺虫剤を大量に掛けても、バルさんは元気に動き回っていた。

しかし、ここまではまだ予想の範囲内。

これで殺せるのなら、マリスさんもわざわざ私たちに研究依頼などしないだろう。

意外だったのは、大型の獣でも殺すような毒をかけても生きていたこと。

たとえ猛毒でも、皮膚に付着しただけでは効果のない毒もあるし、虫と獣では毒が効果を及ぼす機序が違うのだろうけど、それにしたって耐性が高すぎる。

もちろんナイフに塗って突き刺せば死ぬが、それができるなら毒を使う必要すらない。

「殺せる毒も見つかりましたけど、これって普通に劇物ですよね？」

「そうだね。こんなのを撒いたら、バルさんと一緒に町も全滅だよね」

「これは、想像以上に難しそうですね。う～ん……」

ミスティはバルさんを睨み付け、しばらく難しい顔で唸っていたが、やがて私の顔を窺うように見て、躊躇いがちに口を開く。

「……ねぇ、サラサ先輩。これ、普通の虫じゃないですよね、絶対」

「そこはかとない悪意を感じることは、否定できないね」

殺虫剤の効きにくい虫というのはいると思う。

しかし、ここまで効果がない虫というのは、普通には考えにくい。

しかもそれが疫病の感染源で、高い飢餓耐性という、疫病を長く蔓延させるのに適した性質まで持っている。

　誰かが意図を持って特別に交配させたか、何らかの方法で品種改良したか。

「空を飛んで長距離移動しないことだけが、唯一の救いかなぁ」

「そんな性質があったら、本気で国家存亡の危機ですよ！　というか、ボク、何となーく、嫌な予感がしてるんですけど？」

「奇遇だね。私もだよ……」

　ミスティが胡乱な目をバルさんに向け、私も額に手を当ててため息をつく。

「でも、それを口に出すと現実になりそうなので、今は対処の方を優先します」

「バルさん対策は、喫緊の課題ですしね。――で、どんな方針で研究を進めますか？　殺虫剤の改良を目指すか、こっちの劇物をなんとか使えるようにするか」

「……殺虫剤の方かな？　劇物は……本当に劇物だから」

　失敗したら冗談じゃなく住民が全滅しかねないし、そんな物を大量に作ることになる私たち自身も危ないし、原料を集めてくる採集者にだってリスクがある。

「了解です。ボクもあんまり扱いたくないですから、良いと思います」

「でしょ？　それじゃ、最初に決めるべきは、目指す殺虫剤の形かな？」

　殺虫剤と一口に言っても種類は色々ある。

台所の隅に設置する毒餌のような物から、家の周りに撒くような粉状の物、スプレーで噴霧する液状の物、刷毛で植物や建物に塗りつける物など、それぞれ考え方も、使う毒も違うので、それを決めておかないと効率が悪い。

「今回は、下手をすれば町を丸ごと対象とするので、最適なのは燻蒸剤でしょうね」

「だね。スプレータイプだと見える範囲にしか使えないし、家を一軒ずつ処理してたら、隣家に避難されるだけになるかもしれないよね」

それでなくとも、屋根裏や床下、家具の隙間に隠れられたらどれだけ効果があるか。

その点、燻蒸剤なら隅々まで浸透することが期待できる。

「その代わり、少量で効果がある毒が必要になるわけだけど」

「それが一番の難題ですよねぇ。スプレーや毒餌なんかと違って、燻蒸剤は僅かしか取り込まれないでしょうし……。バルさんに効く毒で、そんなものがあるでしょうか？」

「難しいからこそ研究するんだよ。とってもやり甲斐のある仕事だよ、ミスティ。一緒に頑張ろうね？」

「ボクとしては、プレッシャーの方が大きいかなぁ……。ついでに言えば、原料となる素材は採集者が集めやすく、量がたくさんあって、ボクたち以外の錬金術師でも作れるぐらい錬成の難易度が低くて、使用量が少なくて済む燻蒸剤ができれば最高ですね」

ニコリと笑って同意を求めたのに、ミスティから微妙にジト目を向けられ、私は思わず沈黙する。

「…………一気に壁を高くしてきたね、ミスティ？」

「この際だから、研究を始める前に最適な物を言っておこうかと。完成した後で、理論上は使えるけど、現実的には使えない、なんてことになったら泣くに泣けないですし」

「む、正論。いくら効果があっても、量産できないんじゃ意味がないか。それじゃ、その方向性で進めていこうね」

そうして私たちは、バルさんの研究を始めたのだけど……。

◇　◇　◇

「うー、やー、……へによ」

「うぁあぁ〜」

私とミスティは食堂のテーブルに身体（からだ）を預け、口から意味不明な言葉を零（こぼ）していた。

既にお店の営業時間は終わり、ロレアちゃんに加え、アイリスとケイトも仕事から戻ってきているのだけど、それに対応する気力も湧かない私たち二人である。

「ロレアちゃん、二人はずっとこんな感じなの？」

「結構前からこんな感じです。気分転換してもらおうと、お茶も淹れたんですけど……」

ちなみにそのお茶は、申し訳ないことに、半分ほど残った状態で冷めてしまっていた。

それを見て苦笑したアイリスは、カップを片付けながら私たちに声を掛ける。

「二人とも、上手くいっていないのか？」

「はい、正直に言えば」

研究を始めてしばらく経つが、殺虫剤の開発は行きつ戻りつ。

はっきりとした成果は、まだ出せていなかった。

「それは、バルさんを殺せる殺虫剤が作れないってことか？」

「いいえ、それ自体はいくつもできているんですが……」

バルさんに効果がある毒自体は、さほど苦労もせず、複数見つけることができている。

しかし、致死量が多かったり、素材の入手性が悪かったり、効くまで時間がかかったり、小動物や魚に対する毒性も強かったり、錬成の難易度が高すぎたり。

今のところ実用性の面では、すべての毒に難点があった。

「もしこれを画策した人がいて、それが私が思っている人物だったとしたら、私、ちょっと自信をなくすんですけど……」

「サラサ先輩、毒を作るより解毒薬を作る方が難しい、そういうものですよ。——皮肉なことに、今ボクたちが作っているのは毒ですけど」

「解ってる。解ってるんだよ～、それは～」

諦め気味に諭すミスティに応えつつ、私は机の上に両手を投げ出して垂れる。

「理屈ではその通り。でも、納得できない——いや、しちゃダメな気がするんだよぉ～」

そんな私をアイリスは苦笑気味に見て、元気付けるように頭に手を置いてきた。

「でも、サラサ。何だかここ最近のサラサは、サウス・ストラグにいる時よりも生き生きしているようには見えるぞ？」

「あー、……正直に言えば、それはあるかもしれません」

「え、そうなんですか？　サラサ先輩、毎日頭を抱えて苦しんでいるのに？」

最近は常に一緒にいるから、余計にそう感じたのだろう。

意外そうな声を上げ、不思議そうな表情で身体を起こしたミスティにアイリスは頷く。

「うむ。サウス・ストラグにいた時のサラサは、どこか辛そうだったからな」

「今も結構辛そうですけど、違うんですか？」

「違うね。やっぱり私は錬金術師だから。錬金術に関して悩むのは、苦しいけれど辛くはないかな。特に今やっていることは、成果が明確に期待できるからね」

サウス・ストラグでは、自分で直接解決ができない問題に頭を悩ませていた。

それも必要なことだと理解しているけれど、どうせ悩むなら、たとえ難しい問題だったとしても、錬金術に関することで悩みたい。

「でも、それはそれとして、行き詰まっていることは、頭が痛いのです」

「はは……、甘い物でも食べて、一度頭を切り替えてみてはどうだ？　今日は森で果物を見つけてな。ケイトと一緒に採ってきたんだ」

「どうぞ、サラサ。瑞々しくて美味しいわよ？」

流しで私たちのカップを洗う傍ら、準備をしてくれていたらしい。ケイトがテーブルに置いたお皿の上には、一口サイズに切り分けられた紫色の果物が並んでいた。

「あ、珍しい。これって、ラモルトですね！」

この時季にたまに見つかる、少し高級な果物。

漂う甘い香りが鼻を擽り、誘われるように私は手を伸ばす。

「ありがたく頂きます。――うゎ、凄く果汁が溢れますね！」

しっかりとした歯応えがありながら、じゅわりと溢れる甘く深い味わいの果汁。

この大量の汁気と歯応えという、相反する特徴を持つのがラモルトの特異な点。

それでいて酸味も含んでいて甘すぎることもなく、自然と頭がスッキリする気がする。

「そうだろう？　あ、ロレアとミスティも食べてくれ」

「はい、いただきます」

「良いんですか？　……あ、ホントにとっても芳醇な甘味です」

　お皿にあったラモルトは八切れ。

　アイリスとケイト以外が二切れずつ食べ、あっという間にお皿が空になる。

「凄く美味しかったです。わざわざ採ってきてくれたんですよね？」

「なに、採集に行ったついでだ。大した手間じゃない。サラサは頑張っているのに、あまり手助けもできず、すまないな」

　アイリスはそう軽く言って、謝罪を口にするが――

「そんなこと言って。サラサのためにって、頑張って探してたじゃない」

　ケイトに暴露され、苦笑を漏らす。

「む、そういうことは、あまり主張するものでもないだろう？　ケイト」

「アイリスはたまには主張しないと、忘れられちゃうわよ？」

「そんなわけないだろう――ないよな？」

「当たり前です。アイリスの存在には、いつも助けられてますよ」

　変なところで気弱なアイリス。ちょっと不安げに確認するので、私が微笑んで頷けば、アイリスは自信を取り戻して胸を張る。

「そういうことだ！　しかし……行き詰まっている感じか」

「ですねぇ。結構、条件が厳しくて」

美味しい果物で気分はリフレッシュしたけれど、それだけで良いアイデアが浮かぶほど甘くはない。研究成果などを纏めた紙を眺めつつ、私は「う～ん」と唸る。

「何か助言できれば良いんだけど、私たちは素人だから……」

「ちょっと見てみますか？　これを満たす物を作らないといけないんですが」

私が条件を書いた紙を差し出すと、それをアイリスたち三人が覗き込む。

「えっと……。サラサさん、これって高望みすぎるんじゃ……？」

「詳しくなくても、難しいことだけは理解できるな」

「ある程度は、妥協も必要なんじゃない？」

全員に呆れたように言われてしまい、私とミスティは顔を見合わせて苦笑する。

「ボクたちもそれは理解しているんですけど……実際問題、それぐらいじゃないと実用性がないんですよ。例えば、この村だけというなら何とでもなるんですけど、対象がロッホハルト全体——どころか、周辺領地も含みますから」

「大量に作れないようだと、下手をすると逆効果になりかねないんですよね」

一部の町だけバルさんを駆除した結果、殺虫剤が効かない新・バルさんでも現れたら。

また一から新しい殺虫剤の研究となると、手遅れになりかねない。

「ん～、難しいんだな。一番の問題は何なんだ？」

「他の生き物――特に人への影響ですね。効果の強い物はあるんですけど――」

「サラサ先輩、あれはダメですよ。素材面や作りやすさでは良い毒ですけど、小さい子供や病人には悪影響が出る危険性があります」

「と、そんなわけでして。小動物などは諦めるにしても、さすがに人はマズいですから」

バルさんを全滅させるという点では、それが一番成功に近いのだけど、リスクも高い。

他の要素はギリギリ及第点なので、かなり惜しい。

「う～ん……あ、町から全員を避難させて使うってのはどうですか？」

「難しいところだね。避難を指示しても、多少の荷物は持って出るでしょ？　そこにバルさんが潜んでいるかもしれないと思うと……」

「あー、裸で避難してくださいとは、言えませんよね」

ちょっぴりしゅんとしたロレアちゃんに、私は頷く。

「いよいよとなれば、裸での避難か、危険かもしれない殺虫剤を浴びるか、どちらかを選んでもらうことになるかもしれないけど……ギリギリまでは頑張りたいかな？」

そのギリギリがどこなのか、そして誰が判断するのか、それが難しいところだけど。

でも立場的に、私が判断することになりそうなのが怖いんだよねぇ……。

「う～ん、私だったら、全裸避難より、殺虫剤を浴びるかしら？」

「ケイト、それはサラサを信用しているからだろう？　普通なら怖いぞ？　強力な殺虫剤を浴びることなど。なかなか人に影響が出ないと信じることは――ん？」

何か引っ掛かることがあったのか、アイリスが言葉の途中で眉根を寄せて首を捻った。

「どうかしましたか？　アイリス」

「何か……、今、自分で言ったことが気になって……」

アイリスが更に首を捻るのに併せ、私たちも一緒に首を捻る。

「サラサさんを信用している、ですか？」

「いや、ロレア、それは事実だからなんでもない」

「それなら、強力な殺虫剤を浴びることが怖い、とか？」

「ミスティ、それは普通だ。害がないと言われても、一般人なら不安になる」

「それじゃ、人に影響が出ないと信じる、の部分かしら？」

「……ん、あ、それだ！　そこが引っ掛かったんだ！　サラサ！」

アイリスがハッとしたように顔を上げ、私を見た。

「猿で実験した例の薬、サラサが自分に垂らした時、同じこと思ったんだ！　何故自分に影響が出ないと信じられるのか、怖くないのか、と」

「あぁ、あの効果は劇的ですからね。怖く感じるのは解ります」

分解薬を掛けた猿の死体が、目の前で一瞬にして分解されたのだ。

同じ物を自分に掛けようとすれば、それは怖くなるだろう——よく知らなければ。

「でも、あれはちゃんと調べて、影響が出ない仕組みとなっているのを理解していたから、別に問題は——あ」

私が言葉を途切れさせると、ミスティが恐る恐るといった様子で尋ねる。

「サ、サラサ先輩、も、もしかして、使えます……？」

「いける……かも？　毒を変えるんじゃなくて、仕組みを追加すれば……。作っているのは錬成薬なんだから、特殊な効果を追加することも……？」

一般的な錬金術師は、錬金術大全に載っているレシピをそのまま作ることが多い。

でも、本来の錬金術師は、新しい錬成薬や錬成具を作れる凄い技術者なのだ。

私だってその技術は習っているし、作った経験だってないわけじゃない。

「そっか、発想の転換！　お手柄ですよ、アイリス！」

「そ、そうか？　ちょっとした気付きだったが、サラサの役に立てたのなら……、うん、

「役に立った！　立ちましたとも！　まだ見通しは立ちませんが、別のアプローチができることで、大きな転機になるかもしれません」

少し照れたように笑うアイリスの手を、私はギュッと握ってブンブンと振る。

その隣で、むむっと考えていたミスティが、こちらを見てキラリと目を光らせる。

「サラサ先輩、つまり、バルさん特有の、トリガーとなる物があれば――」

「毒性の発現を制御できるかも！　それを見つけさえすれば――」

「バルさん以外では、毒にならない物が作れます！」

「だね！　ミスティ、それを探すよ！」

「はい！　行きましょう！」

私とミスティは顔を見合わせて、笑みを漏らすと、ガタリと席を立つ。

「あらら、二人の世界に入っちゃったわね」

「ですね。私たちには解りませんし……アイリスさん、ちょっと残念ですか？」

「サラサが元気になったのだ。不満などないさ」

そんな三人の言葉を背後に聞きながら、私たち二人は工房へと向かったのだった。

とはいえ、そのトリガーは簡単に見つけられるほど甘いものではなく、結局私たちは、またしばらくの間、頭を悩ませることになるのだが……。

——それは、意外な形で解決を見ることになる。

Episode 4

A Sudden Turn

急転直下

その日、私の元に飛び込んできた報告は、予想外のものだった。

「――は？　ジョーゼフのアジトを急襲した？　アデルバートさんたちが？」

「ええ、その通りよ」

共音箱から聞こえた話に一瞬頭が真っ白になり、再度確認してみたけれど、レオノーラさんから返ってきたのは、間違いなく肯定の言葉だった。

「ど、どういうことか、説明してもらえますか？」

「もちろん。ちょっと早口になるけど勘弁してね？」

サウス・ストラグから失われた錬成具（アーティファクト）とジョーゼフを追っていたアデルバートさんたちは、フェルゴの町でそれを発見した。

本来であれば、私に一度連絡してくるべきだったのかもしれない。

しかし、如何（いかん）せん距離的制約があり、そんなことをしている間に逃げられるかもしれないと、現場の判断で踏み込んだらしい。

「それは……仕方ないでしょうね。一日、二日でどうにかなる距離じゃないですし」

フェルゴからサウス・ストラグに戻り、レオノーラさんから私に連絡、その話し合いの結果次第で、再度フェルゴに赴きジョーゼフの捕縛に向かう。

　アデルバートさんたちがフェルゴで調査活動を行ったことを考えれば、その間、相手が気付かないまま待っていてくれると期待するのは、少々能天気に過ぎるだろう。

「実際、ジョーゼフは逃げ出す直前だったみたいね。踏み込んだ時に戦闘になったようだけど、幸い、復帰できないほどの大怪我(けが)をした人はいないわ」

　逆に言えば、怪我をした人は何人もいるのだが、相手は腐っても錬金術師である。

　大抵の場合は普通の兵士よりも強いし、攻撃魔法だって使えるだろう。

　死者が出なかっただけでも幸運、多少の怪我で済んだのなら上出来とも言える。

「もっとも、深追いをしなかったのもその一因でしょうね。その代わり、ジョーゼフは取り逃がしちゃったけど、十分な成果はあったわ」

　一つは失われた錬成具(アーティファクト)、空隙(くうげき)の短剣を取り戻したこと。

　不意打ちが怖い武器だけに、狙われているらしい私として、これは安心材料である。

　もう一つは、ジョーゼフが持ち出した資料や彼の研究資料を押収(おうしゅう)できたこと。

「サラサも予想してたと思うけど、今回の疫病、あのクソが原因みたいよ？」

「……やっぱりですか」

　あえて口に出さないようにしていたけど、そこかしこに人為的臭いのする疫病の蔓延(まんえん)。

　現状でやりそうな人物の心当たりは、ジョーゼフぐらいしかいなかった。

もちろん、私の知らない人物が犯人という可能性もあったけれど——。

「ジョーゼフが犯人なのは、不幸中の幸いかもしれませんね。まったく別の、予測もつかない人が犯人であったたら、居場所を突き止めることもできなかったかもしれませんし」

「そうね。ジョーゼフが錬金術師であることも、私たちにとっては幸いね。資料を読み解くのに苦労しないし、同じ錬金術で対抗できるんだから」

疫病が自然に発生したものであったなら。

もしくは、錬金術ではない未知の技術を使ったものであったなら。

資料を押収しても、すぐに対処することは難しかっただろう。

しかし、錬金術なら私たちの専門分野。悪徳錬金術師に負けるわけにはいかない。

「ってことで、サラサ。押収した資料を早馬で送ったわ。殺虫剤の開発、お願いね」

「了解です——が、レオノーラさんは？　そちらも少しは研究が進みましたか？」

私たちの方はもう一歩。

資料が届けば最後のピースが見つかるかもしれないが、絶対とは言えないわけで。

レオノーラさんにも期待したいところだけど……。

「ごめんなさい。私の方は停滞薬を作るのに手一杯なの。殺虫剤の研究に時間を割く余裕がなくて、ほとんど進んでないわ」

「それは……仕方ないですね。停滞薬も必要な物ですし」

疫病の拡大が続く中、薬を必要とする人は増えている。

ウチに持ち込まれる素材を使った物については、私たちで錬成して何度か発送しているが、サウス・ストラグに集まる素材を使った錬成については、レオノーラさんが一手に担っているわけで。殺虫剤の研究が進んでいないのも、当然といえば当然だろう。

「その代わりと言ってはなんだけど、病気の治療薬に関しては、マリスにやらせる。資料の写しも向こうに送っておいたわ」

「なるほど、マリスさんになら、任せられますね」

「あれでも病気に関しては有能だからね。サラサの殺虫剤とマリスの治療薬、その二つが今回の件を解決する鍵となる。頑張って。期待してるわ」

◇　◇　◇

ジョーゼフのアジト襲撃の顚末について。

「お父様、燥ぎすぎです……」

「パパ、無茶をして……」

採集から戻った娘二人に話した結果、こんな反応が返ってきた。

アイリスたちは呆れと少し不安を混ぜて嘆息、私の顔を見て尋ねる。

「アデルバート様と父に怪我は……？」

「お二人は大丈夫だったようですね。ですが、一緒に行動していたマディソンたちの一部に怪我人が出て、しばらくはサウス・ストラグで療養することになりそうです」

ちなみに、そのうちの一人は私が雪山で治療したパトリック。

脚の骨が折れていながらも、私に躙り寄る根性を見せた若者で、その若さ故の無謀さでジョーゼフに突っ込んで、魔法の直撃を喰らってしまったらしい。

「まぁ、今回は領主、つまり私の命じた任務での怪我ですから、落ち着いたら治療しに行きましょう。――アイリスの時とは違いますし」

「つまり、今なら私が大怪我をしても、借金にはならない？」

「原則としてはそうですけど……したら許しませんよ？」

別に本気ではないのだろうけど、馬鹿なことを言うアイリスをちろりと睨むと、アイリスは何故か少し嬉しそうに小さく笑うと「解っているさ」と肩を竦める。

「そもそも個人の借金じゃないだけで、領地の予算からお金を出すのは同じですからね？私の手間賃は不要ですけど、素材は買わないといけないんですから」

「あのレベルの錬成薬(ポーション)だと、素材の代金だけでロッツェ領の予算は枯渇(こかつ)するわね。それで、アデルバート様たちは今、サウス・ストラグにいるの？」

「いえ、調査のために、キプラス士爵領へと向かったそうです」

キュピシスの壺(つぼ)。

領主館から消えた錬成具(アーティファクト)のうち、詳細が不明で資料も見つからなかったあれは、どうやらジョーゼフによって関連する物すべてが持ち出されていたらしい。

残念ながら、襲撃した彼のアジトでも、本体を見つけることはできなかったが、資料に関しては回収されていた。

「それによると、キュピシスの壺はキプラス士爵領の古遺跡から発見され、ヨクオ・カークがキプラス士爵から買い取った物だったようです」

「クレンシーが知らなかったのは……？」

「彼に相談せずにヨクオが色々と買い集めていたので、把握しきれていないそうです」

美術品などの収集を趣味とする貴族は多いが、ヨクオの買ってくる物は微妙な物が多く、クレンシーは苦言を呈していたが、あのヨクオが素直に聞くはずもない。

クレンシーが気付かないうちに、いつの間にか買ってきていることも多く、そんな物の一つがキュピシスの壺だったようだ。

「古遺跡というと、王国史以前の遺跡だったかしら？」

「はい。王国黎明(れいめい)期も含みますが。二人には以前、説明したことがありましたよね？」

古遺跡とは、王国の各地に残る詳細が判(わか)らない遺跡の総称。

そこでは稀(まれ)に、現在の錬成具(アーティファクト)では再現不可能な機能を持つ物が見つかることがあり、それらは高値で取り引きされているのだが、それは本当に極一部。見つかる物の大半はガラクタで、それらはゴミ扱い、もしくは詐欺の商材として利用されていた。

「えっと、キュピシスの壺はどっちなんだ？」

「マリスさんの御伽話(おとぎばなし)を信じるなら、凄(すご)い錬成具(アーティファクト)になるけど……」

「見つかった資料には書いてなかったようですね。アデルバートさんたちがキプラス士爵領を訪問する目的もそれのようで……。ジョーゼフが逃げた方向がそちらだった、というのも理由の一つみたいですけど」

キプラス士爵領は、ジョーゼフのアジトがあったフェルゴの南西に位置する。

その領都であるケーシーは、サウス・ストラグを除けばフェルゴから最も近い位置にあり、ジョーゼフが逃走先として選ぶに足る理由はあるのだ。

もっとも、キプラス士爵領はロッツェ士爵領とどっこいどっこい。

領都とは名ばかりの農村みたいだから、隠れることはできないだろうけど、逃走の経由地として使われる可能性は十分にあるだろう。

「なるほど。わざわざジョーゼフが持ち出したのだ。キュピシスの壺がただのガラクタとは考えにくい。調査する意義はあるのだろうな」

「アデルバート様たちは、大丈夫かしら？」

「私たちと違って、お父様たちには戦争の経験もある。信じて待とう」

「そうよね。私たちは自分ができることをしないと……」

しかし、怪我人が出ていることは事実であり、気懸かりなのだろう。

憂い顔のケイトの肩を抱くようにアイリスが手を置き、こちらを見る。

「サラサ、殺虫剤の方は？」

「昼過ぎにレオノーラさんから資料が届きました。今はそれをミスティと一緒に読み込んでいる段階です。ミスティは今も――」

「サラサ先輩！　気になる記述が――‼」

私の言葉を遮るように、工房の方からミスティの声が響いてきた。

「――っ！」

浮きかけた腰を抑えてアイリスを見ると、彼女は真剣な表情で即座に頷く。

「行ってくれ。殺虫剤が完成すれば、お父様たちの方にも……」

「はい。追いかけることができます。急ぎます」

　そして私は、すぐに工房へと駆け込み――。

　場所はサウス・ストラグの領主館。

　ただ一人でそこを訪れた私に相対するのは、レオノーラさんとクレンシー。

　そして、その二人と私の間には、苦心して完成させた筒状の殺虫剤が置かれていた。

「これが完成した殺虫剤なのね？」

「はい。一端を軽く火で炙るだけで煙が噴き出るようになっています。燃えるわけじゃないので、火事になる心配はありません」

　大きさは人差し指ほどだが、これ一本だけで家一軒を燻蒸できる逸品である。

「煙は空気よりもやや重く地面付近に滞留するので、建物の上階で使えば家全体に殺虫剤が充満します。すべての家で同時に使えば町全体が煙に覆われ、地下も含めて町は浄化されるはずです――理論上は」

「理論上は、ね。実験は？」

「工房レベルでは特に問題なく。一応、ヨック村全体でも実験しましたけど、あそこには
バルさんがいませんからね。人に影響が出ないことは確認できましたけど」

煙で真っ白になった村の中を子供たちが走り回っても、特に問題は起きなかったので、
人に影響が出ないことはほぼ間違いないと思う。

——あ、もちろん、十分に動物や自分で試験した上での実験だけどね？

万が一にも村の子たちに影響が出たら、取り返しがつかないもの。

「それだけでも十分——バルさん？」

レオノーラさんは満足そうに頷き——途中で疑問を顔に浮かべて眉根を寄せた。

「あ、例の虫のことです。固有名を付けておこうかと」

そして命名理由を私が告げると、レオノーラさんとクレンシーは揃って苦笑した。

「確かにサラサは、迷惑を掛けられたわねぇ」

「そうでしたね。私が言えた義理ではないですが……」

「爺さんはそっち側の当事者だものね。クレンシーと名付けられなくて良かったわね？」

「まったくです。そうなれば、世のクレンシー一同に恨まれるところでした」

揶揄うようなレオノーラさんの言葉に、真面目な顔で頷くクレンシー。

——あ、そうなると私、世のバールさんに恨まれるところだった？

ちょっと捻ってくれたミスティに感謝しておこう。

「しかし、思ったよりも早く完成したわね？　実質、資料が届いて数日？」

「基本的な錬成薬は翌日には完成してましたね。あとは微妙な調整と、この形に決定するまでの試行錯誤、量産作業です。みんなの協力の賜物ですね」

用意した殺虫剤の本数は三〇〇〇本ほど。

筒作りと、その筒に薬剤を詰める作業を村の人たちにお願いし、私とミスティは最初の薬剤の錬成と、最終仕上げの錬成だけを担当することで揃えた本数である。

「これを使って実地試験を行い、成功すれば更に多く必要になるわけですね。サラサ様、人手を募集致しましょうか？　一般人でも構わなければ、集めることは可能ですが」

「いえ、おそらくなんとかなる、かと？」

実のところヨック村の人たちは、地味に喜んでいたりする。

状況が状況なのであからさまには言わないけれど、臨時収入になるからと、かなり張り切っていて、今も筒作りに取り組んでくれている。

「それに手を抜かれても困るので、ヨック村の人たちだけの方が安心できます」

全員が知り合いの村。ちょっと言葉は悪いけれど、相互に監視しているような状態なので、手抜きの心配がないのがありがたいのだ。

「そうですか。生産に問題がないのであれば、私からは。実地試験はどこでしますか？」

「フェルゴでしょうね。町の規模もちょうど良いし、現在、あの町では感染が急拡大してるわ。これを押さえ込まなければ、薬の供給に支障が出る」

「距離的にもちょうど良いでしょうね。グレンジェとなると、実験の結果を確認してサラサ様にお知らせして量産して頂くまで、時間がかかりすぎます」

「なるほど、了解です。となると、実際の実験は――」

「私が立ち合うわ。サラサは先にヨック村に戻って。成功したらすぐに連絡する」

おそらく、それが最善。

殺虫剤も注意点さえ守れば簡単に使えるので、私が立ち合う必要もない。

というか、周辺の領地にも疫病が広がっている現状、誰でも手軽に使えないと困るので、そういう物にしたつもり。そちらの試験にもなり、ある意味では好都合だ。

私は改めて詳しい使い方と注意点を二人に伝え、立ち上がる。

「では、よろしくお願いします。これが成功すれば、解決に向けて大きな一歩ですが……マリスさんの治療薬の方はどうなっていますか？」

疫病の拡大は阻止できても、そちらが完成しなければ終わりにはならない。

しかし、殺虫剤よりも治療薬が難しいのは当然であり、少しでも目処が付いていれば、と思って尋ねたのだが、返ってきた答えは予想外のものだった。

「安心して。あっちも最終治験の段階みたいよ？」

「――え？　既にそこまで？」

　確かに資料には重要な情報がいくつもあった。

　それが研究の難易度をグッと下げることは、間違いないけれど……。

「今は善意の協力者を使って、微妙な成分と投与量の調整をしているみたい」

「な、なるほど、善意の協力者……」

　バルさんを感染源と特定した時にも協力してくれた人たちですね、ワカリマス。

「どこまで本気かは知らないけど、『フェリク殿下で実験する必要がなくなって、助かりましたわ』って言ってたわ」

「殿下って、マリスさん、恐れ知らずすぎません⁉」

　その無謀さが、迅速な研究成果に繋がってるの⁉

「まったくね。マリスがヤっちゃったら、あいつの独断ということにしておくわ」

「しておくもなにも、独断ですよね⁉　私、巻き込まれませんよね？」

　責任者として、私まで責任を取らされそうで怖いんですけどっ！

　――いや、必要なら責任は取るけどね？　一応指揮しているわけだし。

でも、マリスさんの暴走は私の管轄外というか……。

「きっと大丈夫よ、マリスが妙なことを口走ったりしなければ。安心して、マリスはああ見えて義理堅いから。――ちょっと口は軽いけど」

「安心できませんよ、それ……」

「ついでに、マリスの師匠として私が尋問を受けても、『サラサは全然、まったく関わっていません。無実なんです！』って強く主張しておくわ」

「そこであえて口にすると、逆に怪しすぎです！　――ホント、お願いしますね？」

再度の念押しに、レオノーラさんはニコリと微笑(ほほえ)むのだった。

結果から言えば、殺虫剤の実験は大成功だった。

ヨック村とは異なり、壁で囲まれた町で使う燻蒸剤の効果は大きく、見事に町すべてが白い煙に沈んだらしい。

そして半日ほど経(た)ち、完全に煙が晴れてから結果の確認が行われたが、生存しているバルさんは発見できず、心配された人への悪影響に関しても健康被害はなし。一部の子供が煙の中で走り回って、転んで怪我をしたぐらい――子供は走りたくなるものなのかな？

これならば問題ないと、殺虫剤の量産は急ピッチで進められることになり、それと前後してマリスさんが作った治療薬の投与も、フェルゴで開始された。

そして、この二つの効果はとても大きかった。

フェルゴでは数日ほどで新たな発症は確認されなくなり、大急ぎで追加発送した殺虫剤で、グレンジェも沈静化。サウス・ストラグや明確な被害が確認されていない周辺の村でも、予防的に燻蒸作業が進められることになる。

それから一週間あまり。

ロッホハルト全土に加え、周辺領地も十分に賄えるだけの殺虫剤を完成させた私たちは、アデルバートさんたちがいるキプラス士爵領へと旅立つのだった。


「ふふふっ。天気も良いし、絶好の旅行日和ですね」

楽しげに私の前を歩くのはミスティ。

疫病が概ね終息したことも影響しているのだろう。背負っている大きな荷物の重さも気にならない様子でぴょこぴょこと歩き、声も弾んでいる。

「ご機嫌だね、ミスティ。言っておくけど、遊びに行くわけじゃないからね？」

「解ってます。でも、サラサ先輩と二人で旅ができるんですから、楽しみです！」

その言葉通り、ミスティは本当に楽しそうに傍に駆け寄ってきて、私の手を引っ張る。

ここしばらく工房に籠もって頑張ってたから、余計に解放感があるのかも？

「ミスティ、一応、私たちもいるぞ？　忘れられてないよな？」

「そうそう。それにミスティは、サラサとの船旅だって楽しんだじゃない」

「え～、それを言うなら、お二人は海に遊びに行ったじゃないですか」

「いや、アレは素材採取も兼ねた仕事だったのだが……」

今回、ミスティ以外の同行者はアイリスとケイト。

旅の目的が、連絡のないアデルバートさんたちの安否確認と、場合によってジョーゼフを捕まえることにあるため、当然彼女たちは同行している。

そして、ロレアちゃんはいつも通り、お店でお留守番である。

営業的にはミスティを残すべきなのだけど、彼女が強く同行を希望したことと、ジョーゼフと対峙する可能性を考え、戦力の増強を優先した形である。

もっとも、今のヨック村の採集者たちは半分休業状態。

疫病に関する素材の特需に加え、殺虫剤の作製でも私がお金を散蒔いたので、懐が非常に温かく、村を離れて町に出かけている人も案外多かったりする。

「しかし、サラサ。治療薬の錬成は手伝わなくて良かったのか？」

「問題ありません。そちらはマリスさんとレオノーラさんで対応できるので」

　マリスさんが完成させた治療薬は、一回飲むだけで効果があり、ゆっくりと時間をかけて治るという、穏やかな効果の錬成薬（ポーション）だった。

　一人当たりの使用量も少なく、私やミスティが手を出さなくても、必要量を錬成することは、さほど難しいことでもなかった。

　また、フィード商会やハドソン商会のおかげで食糧の調達にも目処が付き、配給も行われているため、急いで回復しなくても飢えることがない状態。

　特に混乱もなく、人々はその錬成薬（ポーション）を受け入れていた。

　ちなみに、最初は劇的な効果のある、すぐに治る治療薬も作ったそうだが、効果の強い錬成薬（ポーション）は、得てして扱いが難しいものである。

　私がアイリスの腕を治した時だって、怪我を治す錬成薬（ポーション）に加えて、体力の回復や病気を予防する錬成薬（ポーション）も組み合わせつつ、飲ませる量を加減して慎重に治療したもの。

　素人（しろうと）が気軽に扱えて効果も高い錬成薬（ポーション）など、そうは存在しない。

　実際、即効性のある治療薬を使われた協力者は、病気こそ一日で治ったものの、その間ずっと激しい痛みに襲われ、体力的にも、精神的にも酷（ひど）く消耗、僅かその一日でげっそりと痩せて、立ち上がることもできなくなったらしい。

――善意の協力者の献身に、黙祷である。

「そんなわけで、私たちが対処すべきはジョーゼフの方です。みんなの頑張りで疫病が終息しつつあるのに、この段階で滅茶苦茶にされたら堪らないですから」

「そうだな。……お父様たちが上手くやってくれていれば、良いのだが」

「便りのないのは良い便り、と信じたいわね」

やはり不安げな二人に対し、ミスティは励ますように殊更明るく声を出す。

「きっと大丈夫ですよ！　距離的にはそこまでおかしいことじゃないですし。ボクたちみたいに速く移動できる人たちばかりじゃないですからね！」

「そうだね。時間的にも……そんな感じだよね」

私やミスティなどは、ヨック村からサウス・ストラグまで半日かからないけれど、これが一般的でないことは当然で、普通の人なら二、三日掛けて移動する。

連絡手段も行商人などを使うことになるので、移動距離から単純に算出するより、二倍以上の時間がかかってもおかしくはない。

もちろん、連絡を目的とした伝令を出せば別だけど……。

「でも、アイリスたちの不安は解る。だからちょっと急ごうかな？」

「了解です！　ミスティ、最速で向かいます！」

私の言葉に応え、ミスティはピシッと敬礼した。


キプラス士爵領の領都であるケーシーは、私に懐かしさを感じさせた。

具体的に言うなら、領都とは名ばかりの小さな村、領主が住んでいるようには見えない小さなお屋敷、そこはかとなく漂うのんびりとした空気。

アイリスの実家である、ロッツェ村とよく似た雰囲気であり、領主であるキプラス士爵がアデルバートさんと旧知というのも納得、そんな村である。

「着きました～！　長閑な村ですねぇ」

「ここにも疫病は広がっていたと聞いたけど……。上手く制御できたのかな？」

このケーシーはアデルバートさんたちが向かった村ということもあり、少しだけ職権乱用、優先して殺虫剤と治療薬を送ってもらってはいた。

しかし、疫病の発生はそれ以前で、被害も出ていたはず。

元気なミスティに頷きつつも、私が首を捻っていると、少し遅れて辿り着いたケイトが、膝に手を置いて荒い呼吸を繰り返した。

「はぁ、はぁ、はぁ……。改めて、ミスティがサラサの同類と認識したわ。ジョーゼフもこんな感じなの？　だとしたら、ちょっと不安なんだけど……」

「さぁ？　ボクは会ったこともないので。でも、これでもボク、サラサ先輩に恥ずかしくないように頑張りましたから、学校の成績は良かったんですよ？」

「はっはっは！　ケイト、鍛え方が足りないんじゃないか？」

「アイリス、あなたまで……遠いところに行ってしまったのね」

少し息は乱れているものの、自分よりもずっと余裕のありそうなアイリスを見て、ケイトは悔しそうに言葉を漏らし、遠い目をした。

まぁ、得意不得意はあるし、体力面でもケイトよりアイリスのほうが上ではある。

「でも、ケイトはもう少し身体強化の訓練をしても良いかもしれませんね。もしもの場合に、ケイトだけ逃げ遅れることがあっても困りますし……。総合的な魔法の能力はアイリス以上ですから、なんとかなると思いますよ？」

「うう、頑張るわ……ふぅ。だいぶ回復したわ」

アイリスには劣っても、ケイトもかなり鍛えていることは事実。

なかなかの回復力を見せて身体を起こしたケイトに頷き、私は改めて村を見回す。

「さて。こういう場合、まずはどこに行くべきなんでしょうね？」

「領主の家だろう。というか、既に報告が行っていると思うぞ？　ウチの村だって、余所者が来れば即座に連絡が来るからなぁ」

即答したアイリスが指さすのは、村の中で一番大きな家。規模としてはアイリスの実家に多少劣るが、領主の家とすぐに判るぐらいには他の家との差がある。

領地の面積としてはロッツェ領の方が広いことを考えると……妥当？

経営手腕があるかは未知数だけど、少なくとも無駄遣いはしていないのだろう。

私たちは誰に止められることもなくその家へと向かうと、玄関の扉をノックする。

「すみませーん、誰か、いらっしゃいますか？」

「――あぁ、少し待ってくれ」

私が声を掛けて、少し間を置いてから応答があり、屋敷の扉が開けられる。

そこから顔を見せたのは、アデルバートさんと同年代と思われる男性だった。

身長はアデルバートさんに匹敵するほど高いが、身体の厚みはそこまででもなく、細いながらもよく鍛えられているという印象。

アイリスは『報告が行っている』と言っていたけれど、この村の住人はロッツェ村よりも暢気なのか、御注進はなかったようで、彼は私たちを見て目を丸くした。

客観的に見れば、私たちはまだ年若い女四人組。

その驚きも理解できるので、私は軽く頭を下げて名乗る。

「私、サラサ・フィード・ロッツェと申します。キプラス士爵はご在宅でしょうか？」

「え、あ……こ、これは新ロッツェ士爵には初めてお目に掛かる。俺はローン・キプラスと申します。キプラス士爵領へようこそおいでくださいました」

戸惑いを顔に浮かべたキプラス士爵は、私の挨拶にすぐに表情を取り繕うと、微笑みを浮かべて小さく答礼をした。

可能性は考えていたけれど、どうやらキプラス士爵本人だったらしい。

まぁ、ロッツェ家でも出迎える使用人なんていなかったしね。

あえて言えばウォルターだけど、彼も常にお屋敷に詰めているわけじゃないから。

「どうぞお入りください。——しかし、こんなに早く来られるとは少々予想外でした」

私たちを中に招きながら言ったその言葉に、私は首を傾げる。

「えっと……？」

私たちがここに来ると、アデルバートさんたちが話していたのかな？

連絡はしていないけれど、私たちの行動の予測はある程度できる——と、私が納得しかけた時、キプラス士爵は訝しげに眉をひそめてこちらを見た。

「予想以上に速く連絡が届いたのですな。——いや、さすがに速すぎるか？　もしかして、たまたまですか？」

「アデルバートたちがこちらに向かったと聞き、訪問させて頂いただけですが……何か、ご連絡を頂いたのでしょうか？」

　私が確認するように訊き返すと、キプラス士爵は少し深刻そうな表情を浮かべた。

「実は、アデルバートたち一行が――」


「お父様、大丈夫ですか‼」

「パパ！　怪我は――！」

　キプラス士爵に案内された部屋へと、声を上げながら飛び込むアイリスとケイト。

　私とミスティも後を追って中に入ると、そこではベッドに横たわるアデルバートさんと、その横で椅子に座り、腕を布で吊ったウォルターの姿があった。

「おぉ、アイリス。すまん、下手を打った」

「ケイト、あまり騒ぐな。私たちは大丈夫だ」

　その言葉通り、二人の顔色は決して悪くはなく、痛みを堪えている様子もない。

　しかし、アデルバートさんの方は添え木で右脚を固められていて、決して軽症とは言えない状態である。

「アデルバートさん、容態はいかがですか？」

「サラサ殿、なに、大したことはない。ちょっと骨が折れてしまっただけだ。手当はしっかりされている。むしろ、ベッドに寝ている必要すら――」

アデルバートさんはそう言いながら身体を起こそうとするが、当然痛みはあるようで、「くっ」と顔を顰め、慌てたアイリスに身体を押さえられた。

「少し安心しましたが、今はおとなしくしていてください。アイリスが心配しますから」

「その通りです！　怪我を甘く見てはいけません！」

「む、むぅ、だが……」

ベッド脇に張り付いたアイリスに叱咤されて、アデルバートさんは言葉を濁し、ケイトの方も口にこそ出さないが、心配するようにウォルターの隣に寄り添った。

「ウォルター、マディソン以下、他の兵士たちは？」

「死亡者はいませんが、彼らも大半は怪我を。キプラス士爵の手配で治療を受け、現在はここで療養中です。時間はかかるでしょうが、復帰もできるでしょう」

「そうですか、それは不幸中の幸いです」

私はウォルターに頷くと、キプラス士爵の方へと向き直って頭を下げた。

「キプラス士爵、この度はアデルバートたちがご迷惑をお掛けして、申し訳ございません。このお礼は必ずさせて頂きます。治療にかかったお金なども――」

必ず払うと言おうとした私の言葉を遮るように、彼は慌てて手を振った。

「とんでもない！　むしろお礼を言うべきは俺の方です。この領地で疫病による死者が出なかったのは、アデルバートのおかげなのですから！」

「——と、言うと？」

「停滞薬、というのですか？　あれをアデルバートが持ってきてくれたのです。あの薬がなければ、この領地の半数ほどは既にこの世にいなかったでしょう」

そういえば、アデルバートさんたちがこちらに向かった時には、停滞薬・改が完成していた。おそらくはレオノーラさんが、それを持たせてくれたのだろう。

普通ならば、停滞薬・改がこの地に届くのは、ロッホハルトに行き渡った後になる。

そう考えると、確かにアデルバートさんたちの存在は大きかったのかもしれない。

「その後の殺虫剤と治療薬も、あなたの采配と伺っています。おかげで領民たちは回復に向かっています。お礼というなら、こちらがしなければいけない立場です」

「しかし——」

「サラサ殿。儂(わし)とローンは旧知の友人なのだ。あまり堅苦しいことは必要ない。そうだろう、ローン？」

私の言葉を遮り、アデルバートさんがそう言って口を挟むと、キプラス士爵は救われたように息を吐き、小さく苦笑を浮かべた。

「もちろんだ、アデルバート。だから新ロッツェ士爵も気軽に接してくれると助かります。正直、堅苦しいのは苦手でして。現時点でもかなり無理をして話している次第で……」

「そうですか？　……では、ローンさんと呼ばせて頂いても？　私の方も気軽に話して頂いて構いませんので」

私がそう言うと、彼はホッとしたように息を吐いた。

「あぁ、そんな感じで頼むよ。サラサ殿、で良いかい？」

「はい。私も最近貴族になったばかりの元平民ですから」

「そうは言っても、サラサ殿の武勇伝は色々聞いているよ？　盗賊対策の采配を振ったのはサラサ殿とか。しかも、あのオフィーリア様の弟子なんだろう？　正直、貴族にならなかったとしても、実質的に士爵風情より上じゃないかい？」

「そんなことは、ないと思いますが……」

確かに師匠の権威は凄いと思うけど、私はただの弟子だし？

「しかも今はロッホハルトの全権代理でもある。儂らよりずっと上だぞ？」

「む、それもそうだな。やはり、しっかりとした言葉遣いが必要か？」

「い、要りませんよ。それよりも、何があったのか、それを聞かせてください」

慌てて口を挟んだ私に、アデルバートさんたちは顔を見合わせて小さく笑うと、すぐに真面目な表情になって、悩むように唸った。

「うーむ、何から話すべきか……。サラサ殿は、儂らがここに来た理由を？」

「キュピシスの壺の情報を得るためと、ジョーゼフを追いかけてと聞いています」

「そうだ。もっとも、馬で逃げているらしい奴に追いつくことはできなかったし、壺についても、ここから流れたことが確定したぐらいで、大した情報は得られなかった」

「あれは近くにある古遺跡で発見された物でね。それを聞きつけたカーク準男爵――いや、カークが譲れと言ってきたので、思いきりふっかけて売ってやったんだ。しかし、それがこんなことになるとは……あれが原因なんだろう？」

ローンさんはそう言って悔やむように視線を下げるが、私は小さく首を振る。

「現状ではその可能性が高いようですが、ローンさんに責任があるわけではありません。危険性でいえば、それこそ錬金釜だって危険な物になりますから」

道具は使い方次第。私たちが作る錬成具だって、悪用しようと思えばできる物が多いが、それについて製作者が責任を取るなど、できるはずもない。

「そう言ってくれると、少し救われるが……」

「ローン、気にしても仕方ないだろう？　そんなわけで、見つかった古遺跡の場所を知った儂らはそこに向かったのだ。何か情報が得られないかと」

「あの時点では治療薬もまだ完成していませんでしたので、何か助けになれば、と。その後は、おそらくサラサ様もお察しの通り、そこでジョーゼフと遭遇、戦いとなり、また逃げられてしまったというわけです」

補足するようにウォルターが口を挟み、アデルバートさんと共に深いため息をつく。

そんな二人の話を聞き、ミスティが少し不思議そうに私を見た。

「サラサ先輩、ジョーゼフって、思ったよりも強いんですか？」

「そこがよく解らないんだよねぇ……」

ジョーゼフは私たちより年上で、錬金術師としての経歴も長いけど、私やミスティと比べて腕前がどうかというのは、正直未知数。

これだけの事件を引き起こしている以上、完全に無能とは思わないが、キュピシスの壺という不確定要素が含まれるため、どこまでがジョーゼフの実力なのかが解りづらい。

二度に亘りアデルバートさんたちを退けているので、それなりに戦えるのは間違いないだろうし、その用心のためにミスティも連れてきたのだけど……。

「アデルバートさん、ジョーゼフはどのような戦い方を？」

「魔法だな。剣であればそう簡単に負けるつもりなどないが、遠くから魔法で攻撃されると……近付けないと如何ともしがたい」

「カテリーナがいれば多少は違ったのでしょうが、私たちの方にまともに遠距離から攻撃できる者がいないのが禍しました」

「魔法は防ぐことができなければ厳しいですね……。もっとも、魔法で絶え間なく攻撃するのは難しいので、対処できないことはないのですが」

ウォルターたちの言葉に私は『なるほど』と頷くが、アイリスは訝しげに首を捻る。

「――ん？　でも、サラサは結構、バシバシ魔法を使わないか……？」

「アイリスさん、失念しているようですけど、サラサ先輩は普通じゃないですからね？　魔法だけでサラマンダーを斃せる人が、この国にどれだけいると思います？」

「「あぁ……」」

呆れ気味のミスティの言葉に、アイリスとケイトが納得したように声を漏らす。

「いや、あの時はアイリスとケイトも――」

「誤差です」

「うむ、誤差だな」

「そうね、誤差ね」

見事に全員から否定され、私は「うぅ、そんなことは……」と言葉に詰まるが、ミスティはそんな私を気にした様子もなく、「ところで」と話を続ける。

「ボク、気になってたんですけど、なんで〝キュピシスの壺〟って名前なんですか？　その名前でカークに売ったんですよね？　もしかして騙りですか？　教養がありますね」

キュピシスの御伽話を知っていたのが、マリスさんだけだったからだろう。

ミスティがそんなことを言ったが、ローンさんは苦笑して手を振った。

「いやいや、カークには渡していないが、一緒に資料が見つかったんだよ。大半は読めない文字だったんだが、そこに名前と思われるものがあったんだ」

「資料があるんですか⁉　それを見せて頂くことは？」

「もちろん構わない。もっともボロボロの紙から、しかも文字を理解できない者が書き写したものだから、正確性については期待しないでほしいかな」

そう言って、ローンさんが持ってきてくれた資料は、さほどの量はなかった。

数にして一〇枚足らず。原本の方は劣化が激しく、持ち帰ることができなかったため、調査を行った者が判る範囲で書き写したのがこれらしい。

それを広げて私たちは揃って覗き込むが、アイリスとケイトは眉をひそめて顔を見合わせると、首を振って天を仰いだ。

「大半はさっぱりね。何これ、文字なの？」

「確かにキュピシスの壺と書いてあるな。他はメモ書きか？　中身を増やすとか、成功したとか、そんな内容しか読めないが……」

そんな二人とは違う反応を見せたのはミスティ。

文字を指でなぞりながら、「む～、なんかバラバラ？」と唸る。

「……これ、古代文字ですよね？　サラサ先輩、読めますか？」

「多少はね。書き写した人の問題か、かなり読みづらいけど……」

「「本当に⁉」」

「サラサ、凄いんだな。……いや、錬金術師なら読めるのか？」

アイリスが感心したようにため息を漏らし、小さく首を傾げて確認するようにミスティを見たが、ミスティはすぐにブルブルと首を振った。

「そんなわけないです。錬金術師でも読める人なんて、本当に限られますよ？　どこで覚えたんですか？　学校じゃ習わないですよね？」

「師匠が持ってる資料。読めって言うから。——まぁ、なんとかってレベルだけどね」

正確な文字しか知らず、語彙力にも乏しい私がこの資料を読むのは、かなり厳しい。

一文字が二つに分離していたり、なんか形が変だったり、微妙に線が足りなかったり。

写した人が文字を理解していないから、図形として形を真似たんだろうけど、元々書いた人の癖もあるのか、理解不能な文字も少なくない。

　それでも頑張って読み進めていくと――。

「これは……。アデルバートさん！　ジョーゼフと戦ったのは、いつのことですか？」

「ん？　三日前のことになるが……？　それが？」

「サラサ先輩、どうかしたんですか？」

　私の表情に焦りが見えたのか、心配そうに私を見る面々。

　そんな彼らに私は小さく頷き、読み取れたことを説明する。

「これにはキュピシスの壺の機能が書かれているんだけど……簡単に言うと、虫の世代交代を促し、性質を変える機能があるみたいで」

　その説明だけでは大半の人は理解が及ばなかったようで、先を促すように沈黙するが、ミスティだけはすぐに反応を見せた。

「え、それって、もしかしてバルさんが……？」

「かもしれない。放っておくと性質が変わって、殺虫剤が効かなくなるかも」

　私がそう告げると、全員が息を呑み、アイリスが声を上げた。

「なんだと⁉　三日前……サラサ、急いだ方が！」

「はい。今のロッホハルトには余力がありません。また疫病が蔓延し始めると……」

新たな治療薬の開発も、殺虫剤の開発も、不可能ではないだろう。

しかし、領民が耐えられるかは別。下手をすればロッホハルトの人口が半分ぐらいになっても不思議ではないし、私の知り合いにも被害が出るかもしれない。

「すぐに行って、何としても止めないと、マズいわね」

「ならば儂が案内を――つぅ！」

「アデルバート様、ご自重ください。案内は私が――」

「ウォルターも同じだ。案内は俺に任せておけ。サラサ殿、それで構わないな？」

三人がそれぞれ案内を申し出てくれたけれど、当然ながら選択肢などあるはずもなく。

「ローンさん、すみませんがお願いします。近くまでで構いませんので。みんな、疲れは――ケイトは、体力的に大丈夫ですか？」

「くっ……。もちろんよ！　ここで置いて行かれたら、何のためについて来たのか！」

体力面で一番不安なケイトに尋ねれば、彼女は少し悔しげに、だがすぐに力強く頷く。

「解りました。では一緒に行きましょう。――ジョーゼフを止めに！」

「ああ！」「ええ！」「はい！」

目的の古遺跡は、ケーシーの村から一時間ほどの距離にあった。

谷底の崖にぽっかりと空いた穴。洞窟の入り口にしか見えないそこが古遺跡に続く道であり、アデルバートさんたちがジョーゼフと交戦したのもその先らしい。

なお、ここまで案内してくれたローンさんは既に帰還しており、ここにいるのは私たち四人のみ。彼は『何か手伝わせてくれ！』と言ってくれたのだけど、連携の取れない人と一緒に戦うのは怖いため、遠慮してもらった。

相手は魔法を使うジョーゼフ。私とミスティでそれを防ぐ必要があるし、慣れていない人がいると、こちらが使う魔法も誤爆しかねない。

それでも職業軍人なら上手くやるのかもしれないけど、私たちは違うからね。

「突入します。皆さん、準備は良いですか？」

「お父様たちが負けた相手、緊張はあるが恐れはない。サラサも一緒だしな」

アイリスが腰の剣に手を置き、私を見て頼もしく笑う。

「いつでも。私だってできるところを見せないとね」

ケイトが弓を手に、矢筒を背負った狩人姿で決意を込めたように頷く。

「やや武器が心許ないですが……大丈夫です」

一番経験の少ないミスティは、やや不安そう？

学校での実習こそあれど、実戦経験はほとんどないからか、手を置いた腰の剣を不安そうに揺らしている。

「前線は私とアイリスが受け持つし、ミスティは魔法を使ってくれればそれで良いよ？　たぶん、直接戦うことはないから」

「サラサ先輩、そんなことを言ったときに限って、敵に接近されて焦ることになるんですよ？　一応、剣は持ってきましたけど、大して良い物じゃないんですよねぇ、これ」

などと言いながら少し剣を抜くミスティだけど、鞘から覗いた刀身は……。

「いや、それを大した物じゃないと言われると、私が悲しくなるんだが!?　絶対に私が最初に持っていた剣よりも良い物だよな？」

「そうよね。先日、サラサがお土産でくれたから、今の剣は随分良くなったけど……」

これでもミスティはハドソン商会の娘。世間一般からすればお金持ちである。

あまり剣に興味がないからか、そこまで力を入れてはいないけれど、持っている剣は十分に質の良い物であった。

「でも、先輩の剣と比べれば、天と地。比べるのも烏滸がましいレベルですよ？」

ミスティはそう言って肩を竦めるが、アイリスはやや呆れたようにため息をついた。

「それはそうだろう。あれは、オフィーリア様がサラサに贈った物だぞ？」

「師匠からの贈り物、とっても羨ましいです。ボクの師匠は贈ってくれたり……しないんでしょうか？」

そう言いながら、こちらを窺うように見るミスティから、私はそっと目を逸らす。

——いや、まぁ、実はないわけじゃない。

師匠が私に贈ってくれたように、私もまた弟子に贈るべきかもと、作ることは作ったのだ——ううん、正確に言うなら、作るための練習をしている、かな？

でも当然ながら、まだまだ師匠の作る物には遠く及ばず、とても贈れるようなレベルには達していない。私としては、ミスティが独立する頃に渡せれば良いと思っているから、焦ってはいないんだけど……。

「一応は、持ってきたんだよね。習作だけど」

「本当ですか⁉　ください！　サラサ先輩から貰えるなら、習作でも嬉しいです！」

「そう？　じゃあ……」

私は荷物の中に手を突っ込むと、それを引っ張り出した。

「おぉぉ？　え、えぇ⁉　な、なんか、槍が出てきたんですけど⁉　今、どっから出しました⁉」

「見ての通り、私の荷物から？」

「どう見ても、長さが足りないんですけど⁉」

槍の長さは私の身長以上。背負っていた荷物の大きさは腰から首の後ろくらいまで。

確かに長さは足りない、けれど……。

「この中には、師匠から貰った特別なリュックが入ってるんだよ」

折角の可愛いリュック、汚したくはないけれど、あの容量の大きさは魅力。

だからこうして、他のリュックの中に入れて使うことは結構ある。

「特別って……本当に特別ですよね？　普通は絶対に買えないようなリュックですよね？

オフィーリア様、自分の弟子には甘すぎません？」

「それはそう。実は私もそう思うことがあったりする。けど、それで助かってるのは事実
なんだよねぇ……。ミスティ、剣よりも槍が得意だよね？」

「あ、サラサ先輩、覚えていてくれたんですか！」

嬉しそうに顔を輝かせたミスティに、私はもちろんと頷く。

「当然。だから贈るなら槍が良いかなと思ったんだけど……。でも、習作だからね？」

「少なくともその辺で売っているものより、ずっといいです。ありがとうございます！」

「そう。喜んでくれるなら、良かったよ」

私は専門の鍛冶師というわけじゃなく、武器の出来自体は一般的な物よりは多少マシな
ぐらいで、決して高品質とは言えない。

だからこそ、それを補うために錬金術であれやこれやとしているんだけど……さすがにまだまだ発展途上なんだよねぇ。

こんな機会でもなければ、中途半端（ちゅうとはんぱ）な出来のまま渡すことなどなかっただろう。

——う～む、ジョーゼフ、許すまじである。

「むー、サラサ、私にはないのか？　羨ましいぞ？」

「アイリスにはこの前、剣をあげたじゃないですか。ちゃんとしたのを買って」

「あれは所詮、店売りだろう？　サラサが作ってくれたのが欲しい」

「そうですか……？　なら、落ち着いたら考えます。それよりアイツのことですが……」

はっきりと求められることが嬉しく、私は緩みそうになる頬を引き締めて話を戻す。

「ジョーゼフね。捕縛した方が良いの？」

「それが最善ですが、最悪、殺してしまっても問題ありません」

「良いの？　錬金術師って、色々な特権があったでしょ？」

「それは大丈夫です。錬金許可証（アルケミーズ・ライセンス）を剝奪された以上、ジョーゼフは既に一般人です」

ただの一般人であれば、犯罪者として処罰する権限は領主にある。

ロッホハルト領内であれば私が、ここキプラス領内であればローンさんが認めれば、どう処罰しようとも、文句は言われない。

もちろん、あんまりにも理不尽なことをするとその限りではないけれど、ジョーゼフに関して言えば犯罪行為の蓋然性が高く、非難する人はいないだろう。

「巨蟲(センチピード)に襲われた件で、フェリク殿下が動いてくれたんだったか」

「はい。捕縛まではできなかったようですが、今回は遠慮無用です。とはいえ、さすがに出合い頭に殺してしまうと後味が悪いので……」

「了解です。一応は、警告してから攻撃しましょう！」

ミスティが力強くそう言うと、アイリスとケイトも同意するように頷いた。

自然の物に見えた洞窟は、入ってしばらく歩くと壁面が人工的な物へと変わっていた。

ただ、劣化や崩落も激しく、元から自然と一体となった造りなのか、それとも何らかの災害などで遺跡が埋まったのかは、はっきりとしない。

「あまり大きな遺跡ではない、という話だったな」

「はい。すべて回っても一時間はかからないそうです」

崩れている所も多く、歩ける場所は少し広いお屋敷(やしき)程度しかないらしい。

「ですので、いつジョーゼフに遭遇するか判(わか)りません。気は抜かないでください」

「「了解だ（よ）」」

既にアイリスは剣を抜き、ケイトは弓と矢の両方を手に持っている。

ミスティも槍を構えているけれど、その動きは硬く緊張気味。

このあたりは経験の差が出たというところかな？

そしてその経験の差は、この直後にも発揮されることになる。

「なっ！　お、お前らは——」

遺跡の奥から足早に出てきたのは、見覚えのある男。

彼は私たちを見ると、驚きに目を丸くして足を止め、声を上げたのだが——。

「『力弾（フォース・バレット）』‼」

警告するという話は何だったのか。

ジョーゼフの言葉を遮り、ミスティから魔法が飛んだ。

「ミスティ⁉」

「すみません、サラサ先輩。アイツの顔を見たら、妙にムカついて」

致死的な魔法でなかったのは、多少の理性が残っていたのか。しかし威力は十分にある
その魔法を、ジョーゼフは泡を食って床を転がり、なんとか避けた。

「お、お前ら、いきなり攻撃をしてくるとか、常識がないのか⁉」

「こんな所に籠もって悪巧みしているあなたに比べれば、十分以上にあると思います」

正論である。少なくともジョーゼフなんかに、常識は語られたくない。

「目上に対する礼儀も知らないクソガキがっ！　ちっ、こんなに早く来るとはな。あと少しで……こんなことなら、アイツらを逃がすんじゃなかったぜ」

「いえ、逃がして正解でしたよ？　そうでなければ、既にあなたは生きていませんし」

ジョーゼフの言う『アイツら』とは、おそらくアデルバートさんたちのこと。

もし彼らが亡(な)くなっていたら、私は文字通り問答無用で魔法を打ち込んでいただろう。

私に冷静さが残っているのは、知り合いがまだ誰も死んでいないからである。

「常識ある私からの最終警告です。あなたに勝ち目はありません。すぐに投降しなさい」

「けっ。誰が！　レオノーラのババアならともかく、お前らみたいなガキが何だってんだ。負けるわけねぇだろうが。この杖(つえ)もあるしな！」

ジョーゼフが自慢げに掲げた杖は、おそらく無情の杖。

しかしそれを見るミスティの視線はとても冷たい。

「負けないとか言いながら、錬成具(アーティファクト)に頼ってる時点で……」

「うるせぇ！　万全を期すのが賢い大人のやり方ってもんだ！」

「なるほど。万全を期した上で、こうして追い詰められているわけね」

「ふっ、勘違いしてんじゃねぇよ。お前らは間に合わなかったんだよ」

ケイトを鼻で笑い、得意げに告げられたその言葉に、私は眉をひそめた。

「まさか、あの虫の改良が……？」

「そういうことだ。お前らが殺虫剤を散蒔いてくれたからな。手に入れるのは簡単だったぜぇ？　現物さえあれば、耐性を持つ虫を作るのは難しくない」

ジョーゼフはそこで言葉を切り、ニヤリと笑う。

「――そう、キュピシスの壺なら、な！」

「うわ～、自分が作った物じゃないのに、そんな得意そうに……恥ずかしくないです？」

「ぐぬぬっ！　そ、それより、てめぇら、余裕こいてて大丈夫か？　ほら、破滅の足音が聞こえてきただろう？　くくくっ」

唇を歪め、顔を真っ赤にして唸ったジョーゼフは、無理を感じさせる笑みを漏らす。

しかし、遠くからガサゴソという音が響いてくるのは、事実であり――。

「既に大量に繁殖済みだ！　しかも今度のは飛べるんだぜ？　広がる速度も前回の比じゃねぇだろうなぁ‼　あーはっはっは！」

「くっ。なんでこんな馬鹿なことを！　何の意味がある！」

「お前らが苦しんでいる顔が見られるんだ！　それだけで十分だろうがぁ！」

アイリスの真っ当な問いにも、返ってきたのは意味不明な答えだった。

「そもそもなんで私を恨んでいるんですか？　理由がイマイチ解らないんですけど……」

「ふざけるな！　お前がいなけりゃ、俺は甘い汁を吸って生きていけたんだ。お前はそれの邪魔をした。当然、報いを受ける必要があるよなぁ？」

「いや、ないだろう。サラサは採集者たちに注意喚起しただけだし」

「そうよね。採集者を騙せなくなったからって、自分勝手すぎるわね」

「逆恨みで殺そうとした結果、錬金許可証の剝奪でしたか？　自業自得ですよね」

いずれも正論だけど、それを聞くようなら、こんなことをしてはいないだろう。

ジョーゼフは子供のように地団駄を踏み、私に指を突き付けた。

「うるせぇ！　うるせぇ！　さぁ、どうする？　虫がここに到達するまであと僅か。多少魔法が使えたところで、すべてを殺すことなど不可能だぞ！」

確かに少しでも逃がしてしまうと、どこで新たな疫病が発生するか読めない。

羽があるというのが本当なら、その脅威度はかなりのものになるだろう。けど——。

「そうですか。では、魔法以外で対処しましょう」

私は数本の殺虫剤を取り出すと、それに火を付けて遺跡の奥へ放り込む。

すると、それを見たジョーゼフが、勝ち誇ったような笑みを浮かべた。

「ばぁ～か！　耐性があるって言っただろうが！　もう忘れたんですかぁ？」

「私、敵の言うことを素直に信じるほど、お人好しじゃないので」

「はっ！　じゃあ、その目で現実を直視して、絶望するが良いさ」

「そうですね。お互いに」

放り投げた殺虫剤から噴き出したのは、やや青白い煙。

それを風の魔法を使って遺跡の奥へと流し込んでいくと、変化はすぐに訪れた。

響いてきていたガサゴソという音が次第に小さくなり、やがて私たちの視界に入ってきた虫の数は、最初の音から比べれば微々たる数。それらの虫も、煙を噴き出す殺虫剤の位置まで到達することなく動きを止め――ジョーゼフは目を剝いた。

「なっ⁉　ど、どういうことだ⁉」

「殺虫剤が一種類だけとは限りませんよ？」

私が使ったのは、配布した殺虫剤の開発段階で作った試作品。

毒性が強く、一般人がいる場所で使うのは不安だけど、ここならまったく問題はないし、私たちであれば影響を受けることもない。

「キュピシスの壺の機能が精密で助かりました。もし、似たような毒を含めて耐性を持つような虫を産みだしていたなら、ちょっと困ったことになっていました」

「いや、サラサなら大して困らないだろう？」

「そうよね。遺跡全体を炎で包むとか、できそうだもの」

アイリスたちが『うんうん』と頷(うなず)き、気圧(けお)されるようにジョーゼフが一歩後退(あとずさ)る。

「ば、馬鹿な！　そんなことが、お前のような小娘に――」

「できますけど、そうしたら遺跡が完全に破壊されるじゃないですか。余所様(よそさま)の領地にある遺跡を勝手に潰してしまうのは、ちょっと」

私がそう言いながら、視界に入る虫の死骸を魔法で一気に焼き払うと、ジョーゼフの顔色が目に見えて変わった。

「さて、最終警告――は、既に言ってましたね。では……」

「『岩壁(ロック・ウォール)』！」

「「あっ！」」

ジョーゼフに近付こうとした私を遮るように、通路が岩の壁で塞がれた。

「くそっ、逃がすか――っ！」

アイリスが壁に駆け寄って強く殴るが、「ドンッ」と鈍い音がするのみでびくともせず、壁の向こうからジョーゼフの声が響いた。

「おっと。この壁はそう簡単には壊れないぞ？」

「こんな物、サラサの魔法を使えば壊すことなど！」

「かもな。だが、そんな時間があるのか？　近くの虫は殺せただろうが、最深部の虫はどうだろうなぁ？　俺を追いかけている間に、そいつらが外に出たらどうなると思う？」

「「「…………」」」

「それに、俺の切り札があれだけだと思ったか？　先日、アジトを襲撃されたんだ。当然対抗手段は用意している。お前らはそれに殺されるんだよ！　ハハハ――！」

壁の向こうの笑い声が遠ざかっていき、アイリスたちが窺うようにこちらを見る。

「どうする？　今逃すと、またサラサを狙ってくることも……」

「虫が生き残っている確率がゼロでない以上、答えは決まっています。奥へ向かいます。疫病が再発生することは認められません」

考えるまでもなく、私は即答する。ジョーゼフを逃がすことは将来的なリスクになり得るが、喫緊のリスクである疫病とは比較できない。

「殺虫剤を使いながら、奥へ向かいます。急ぎましょう！」

「「了解（です）！」」

新たに火を付けた殺虫剤を周囲に散蒔きながら、私たちは別の道から奥へと走る。

これは改良前の物なので、可燃物があると危険だけど……まぁ、古遺跡だからたぶん大丈夫。風魔法で煙を流す傍ら、通路に転がる虫の死骸も吹き飛ばしていく。

「うぅ～、こんなに大量の死骸があると、気持ち悪いな」

「サラサが魔法で除けてくれるから、踏まずに済んでるけど……踏んで走ってたら滑るわね、絶対。そしてドロドロに……」

「や、止めてくださいよ！　でも幸い、生きているのは見かけませんね」

ローンさんに簡単な地図は見せてもらっていたので、外へと繋がる通路を確認するように移動しつつ、奥へと向かっているのだが、虫の死骸の分布から予測するに、今のところ外へと逃げ出した形跡は確認できていない。

その代わり、ジョーゼフは外に逃げたみたいだけど……それはもう諦める。

そして遺跡の最深部、キュピシスの壺が見つかったという場所に近付くにつれて、虫の死骸も次第に増えていき――。

「サラサ先輩、ありました！　たぶん、あれがキュピシスの壺です！」

「動いている虫がいるわよ!?　まさか、既に新たな毒に耐性を!?」

ミスティが指さす先にあったのは、片手で抱えられそうなサイズの壺。

何か台座のような物に斜めに填め込まれ、その中からは新たな虫が溢れ出ている。

「焼き払います！」

煙を噴き出す殺虫剤を放り投げ、火の付いていない殺虫剤も適当に転がし、新たな魔法を準備した直後、暗がりから何かが襲いかかってきた。

「――っ！　サラサ、危ない！」

「『炎嵐(フレイム・ストーム)』‼」

アイリスが何かを弾(はじ)き飛ばすのを横目に見て、魔法を発動。

壺を中心に炎が渦を巻き、先ほど投げておいた殺虫剤からも煙が噴き出す。

「サラサ先輩！　なんか大きいのがいますよ！『火矢(ファイア・アロー)』！」

「これがジョーゼフの切り札？　けど……巨蟲(センチピード)ほどじゃないわね！　ふっ‼」

それは、私と同じくらいに大きい虫。

ゴキブリよりも甲虫に近い形状で、頭に一対の大きな顎があり、それでこちらを攻撃しようとしているが……ケイトの言う通り、巨蟲(センチピード)に比べると、なんとも中途半端(ちゅうとはんぱ)。

動きは速く、力もそれなりにあるようだけど、巨蟲(センチピード)ほどの脅威は感じない。

ケイトの矢で貫かれ、ミスティの魔法で焼かれ、アイリスの剣で切り裂かれ。

しかし、数だけはそれなりに多く、奥からワラワラと近付いてくる。

「安物の剣だと、キツかったかもなっ！　サラサに感謝だ！」

「うぅ、こんなのに、大事な槍(やり)を使いたくないですけどぉ……えいっ！」

魔法の発動が追いつかなくなり、ミスティが槍を使い始め、私もまた剣を抜く。

「壺は止まりました！　大きいのを斃しきれば終わりですよ！」

炎に巻かれた壺は黒く煤け、中から溢れていた虫も完全に燃え尽きている。周囲にいた虫も多くは燃え、炎から逃れた虫も充満する殺虫剤の煙によって既に死んでいた。

「了解だ！　しかし、こっちの虫には殺虫剤が効かないのか！」

「サイズが違いすぎです！　頑張って調整しましたからね、ボクとサラサ先輩で」

「大して強くないでしょ。文句を言わず、頑張りなさい！」

とはいえ、鋭く長い角のような顎はそれなりに脅威で、それに挟まれるとその辺の岩にも跡が付くぐらいには力が強い。

今から急いでジョーゼフを追いかけても追いつけるとは思えないし、無理をする必要はないと、私たちはやや慎重に討伐を続けた結果。

やがて、誰が怪我をすることもなく、虫を斃しきったのだった。

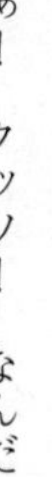

◇　◇　◇

「はぁ、はぁ、はぁ！　クッソ！　なんだ！　なんなんだよ、あのガキは！」

最後の意地でサラサたちに余裕を見せたジョーゼフだが、這々の体で逃げてきたというのが現実に近く、遺跡の傍の森で荒い息を吐いていた。

それは、サラサが放った魔法が、自分の魔法を遥かに上回っていると気付いたから。

普通に使った場合はもちろん、無情の杖を使って威力を上げたとしても敵わない。

そんなサラサ一人でも厄介なのに、更に三人の敵。

一見すると、脅威にも思えないような年若い女ばかりだったが、サラサを見た後だとそのまま受け取ることもできない。あそこで撤退を選んだのは間違っていなかった。

そう自分を慰めつつ、ジョーゼフはニヤリと笑う。

「だが、最悪じゃねぇ。壺の回収こそできなかったが、俺の技術があれば他国で――」

「それは困るな」

「――っ‼　誰だっ⁉」

突然聞こえた声に彼が振り返ると、思いのほか近くに妙齢の女性が立っていた。

まるで近所から散歩にでも来たかのように軽装だが、ここは滅多に人が近付かない古遺跡の傍。あまりにも場違いな存在に、ジョーゼフは訝るように眉根を寄せた。

「サラサの師匠、と言えば判るか？」

「なっ⁉　あのクソガキの師匠かよ！　――くくっ。ちょうど良い」

ジョーゼフは驚いたように声を上げるが、少し考えるように、改めて女性――オフィーリアの全身を舐めるように見て、口元を歪める。

「あんなガキに興味はねぇが、お前は悪くねぇ。少し付き合ってもらおうか！」

下卑た笑いを漏らすジョーゼフだが、そんな彼をオフィーリアはむしろ面白そうに見た。

「ふむ。若く見られるのは悪くないが……彼女たちから逃げておいて、威勢が良いな？」

「四人も相手にしてられるか！　だが、お前は一人だけ。姿を現すとか、馬鹿だろ？」

「お前ではサラサ一人にも勝てないさ。当然、その師匠である私にもな」

「そんなことねぇ！　俺を卑怯な手で追い落としやがって！　あのクソババアまで取り込んで……。てめぇが誰だか知らねぇが、一対一、しかも無情の杖を持った俺に――」

「これでも少しは有名だと思ったんだがなぁ」

言葉を遮られ、ジョーゼフが不快そうに顔を歪める。

「……あん？」

「私は、オフィーリア・ミリスという」

「それがなん――オ、オフィーリア、ミリスゥゥ!?　まさか、マスタークラスの――！」

余裕があったのは僅かな間だけ。理解が及ぶと同時に彼は叫び声を上げた。

「おぉ、名前ぐらいは知っていたか。サラサに手を出そうとするなら、あいつが私の弟子ということぐらい、当然、耳に入っていると思ったんだが……存外、馬鹿だな?」

「なっ――!?」

「あぁ、愚問だったな。馬鹿で愚かでなければ、このようなことを仕出かさないな」

絶句したジョーゼフを見てオフィーリアは冷笑を浮かべるが、ジョーゼフの方も虚勢を張るように引き攣った笑い声を漏らした。

「ははっ、つまりお前は弟子を手伝いもせず、平民たちが死んでいくのを高みの見物か? さすがはマスタークラス様、良いご身分だな‼」

「やはりお前、馬鹿だな? 領地の問題解決は領主の仕事。要請もないのに出しゃばれば、恨まれるだけだろう? それは、統治能力がないと烙印を捺されるに等しいのだから」

飢饉、疫病、自然災害。領民に被害が出る事象は多々あれど、その度に支援を求めるような領主など国にとって存在価値はない。当然、改易の対象となり得るし、領主もそれが解っているから、外国の侵攻などの特殊な状況を除き、支援など求めない。

「そも、今回の疫病は、お前が原因だろうに。恥ずかしくもよく言えたものだな?」

「ばーか、平民なんざ、いくら死のうと関係ねぇよ! 原因は俺じゃねぇ。サラサとかいうクソガキなんだからよ!」

言っていることは滅茶苦茶だが、マスタークラスに勝てないと判断するだけの冷静さは残っているのだろう。ジョーゼフは逃げ道を探るようにじりじりと下がるが――。

「おっと。逃げられるとは思うなよ？　折角弟子が頑張っているんだ。点睛を欠いてしまうのは面白くない。お前を捉えて、サラサへの手土産としてやろう」

オフィーリアが指を鳴らすと同時、逃げ道を塞ぐように地面から土壁が伸びた。

「……俺に関わっているより、助けに行った方が良いんじゃないか？　遺跡の奥には俺の作った切り札を配置してある。アイツら、死ぬぞ？」

一縷の望みとばかりに、オフィーリアを脅すジョーゼフだったが、それはあっさり笑い飛ばされた。

「ふふっ、私は弟子を信じているのでな。それに、お前の知識が他国に流れることも許容できない。私はあいつほど優しくないからな。抵抗の意思を見せた時点で制圧する。無駄に痛い思いをしたくなければ、素直に降伏することをお勧めするぞ？」

ジョーゼフの魔力に対する感知能力は、決して高くない。

そんな自分でも感じられるほど急激に高まっていく濃厚な魔力に、ジョーゼフは真っ白な顔でゴクリと唾を飲んだ。

No 018

錬金術大全：第八巻登場

作製難易度：ハード

標準価格：5,000レア

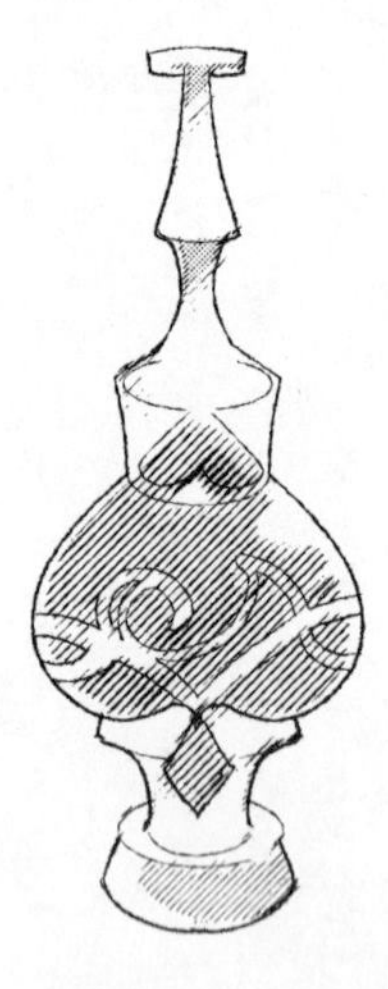

〈生命活動停滞薬〉

急患だ！　大急ぎで薬が必要だけど、手元にない！　どうしよう!!　そんなこと、ありますよね？　すぐに素材が手配できれば良いのですが、そう都合良くいかないのが錬金素材です。そんなときには、この錬成薬《ポーション》。あらゆる病気の進行を遅らせ、素材集めの時間をあなたに提供します。ちなみに、これを開発したのが疾病研究家として高名なマリス・シュロット氏であることはあまりにも有名ですが、その際に王族で人体実験をしようとしたという与太話も同時に囁かれています。もちろん、そんなことはあり得ないのですが。

Epilogue

エピローグ

「ただいま、戻りました〜」

黒焦げになったキュピシスの壺を回収し、残っていた虫の死骸を焼き払い、おかしな物が残っていないか遺跡を調査し、ローンさんの所で厄介になっていたアデルバートさん以下、ロッツェ家の兵士たちを魔法と錬成薬である程度治療し……。

諸々の雑事を片付けているうちに時間は経ち、私たちがサウス・ストラグに戻れたのは、結構な日数が経過してからのことだった。

正直、さっさと家に帰ってゆっくりしたかったのだけど、そういうわけにもいかず、義務感に引き摺られるように、私たちはサウスストラグの領主館へと立ち寄っていた。

そして、なんだか慣れてしまった館を歩いて執務室へと足を運び、扉を開けて中に入ってみれば、そこにいたのは予想もしていなかった人だった。

クレンシーがいるのは当然として、レオノーラさんもいるかな、とは思っていた。

お疲れ気味にソファーに座っているマリスさんは、本当に頑張ってくれたし、今回の立て役者と言っても過言ではないので、何も言うことはない。

その隣にフェリク殿下が座っているのは……解りたくないけど、まぁ、呑み込める。

しかし、解らないのは――。

「おう、サラサ、戻ったか」

「…………師匠？　え、なんで、ここにいるんですか？」

そう。部屋の中で、何故か一番偉そうに踏ん反り返っていたのは、私の師匠たるオフィーリア・ミリス、その人だった。

殿下を含め、他の人が少々緊張気味に見えるのは、きっと気のせいじゃないだろう。

「オフィーリア様？　な、なんで？」

私の後ろから顔を覗かせたミスティが驚きに言葉を漏らし、アイリスとケイトも目を瞠っているが、師匠は平然と肩を竦めた。

「なに、弟子が随分頑張っているみたいだからな。ちょっと様子を見に来ただけだ」

「ちょっとって……。それなら転送陣で応答してくれれば良かったじゃないですか」

それなら、色々とアドバイスも訊けたのに！

王都とここまでの距離的問題については、今更言及しないけど！

「遠出するって言っておいただろう？　そもそも、王都にはまだ戻っていない。帰りに立ち寄ったたって感じだな。それよりもサラサ、まずは報告したらどうだ？」

師匠が促すように視線を向けた先には、期待したような目で待っている人たち。

立場的には私より上のフェリク殿下もいるし、それを措いてもお世話になった面々だけに、私は頷いて居住まいを正した。

「そうですね。まずはフェリク殿下。無事のご回復、お慶び申し上げます」

「ありがとうございます。今回、マリスさんには助けられました。……治るまでには、色々と不穏なこともありましたが」

微笑みつつも、困ったようなフェリク殿下の言葉を受け、マリスさんに視線を向けるが、彼女はキョトンと私を見返した。

「必要なことをしただけですよ。特におかしなことはしていませんわ？」

「……押し寄せた、善意の協力者についても？」

「薬が欲しいと希望するので、分けてあげただけですわ？　……必要な人にだけ」

ワカリマス。薬が必要でない人を、必要な状態にしたんですね？

まぁ、マリスさんを襲った時点で、殺されても文句は言えないわけで。

死んでないだけ、儲けものなのかな？

「──死んでないですよね？」

「もちろん、今は元気ですわ？」

……うん。殿下が何も言わないのなら、私が突く必要はないよね。

「そうですか。では改めて。こちらも、もう問題ないと思います。ジョーゼフが性懲りもなく、バルさんを改変するという行為に及びましたが、すべて処分し、キュピシスの壺も無事に取り戻してきました。

そう言いつつ、私が取りだして床に置いた壺は、魔法でしっかり炙ったからか、黒く変色してしまい、既に何の力も感じられなかった。

「一応持ち帰ってみましたが、ただのゴミかな？　しかし、昔の人はなんでこんな厄介な物を作ったんでしょう？　キュピシスの壺なんて言うわりに、虫にしか使えませんし」

ため息をつく私を諭すように、師匠が人差し指を立てて指摘する。

「サラサ、思考の柔軟性を失うな。例えば、錬金術師の中には虫を専門に研究する者たちもいる。そいつらからすれば、キュピシスの壺は垂涎の品だろう」

例えば益虫を改良して害虫の駆除に使い、農作業の手間を減らす。

そういう目的を持って取り組んでいる人がいるらしい。

「確かにそれなら……なるほど、やはり何事も使い方次第ですか」

私がローンさんに言ったことを、改めて師匠から指摘されるとは。

自らの未熟さに私は小さく頭を振り、気持ちを切り替えてクレンシーに声を掛ける。

「さて、クレンシー、各地の状況はどうなっていますか？」

「はい。新規の発症者は既に報告されておらず、患者も治療薬によって次第に回復しています。フィード商会とハドソン商会の協力で食糧事情に不安もありません。疫病にまつわる問題は、ほぼ終息したと考えてよろしいかと」

「そうですか。他に問題は……？」

執務室にいる人の顔を見回して、誰も何も言わないのを確認し、私は天井を見上げる。

「やっと終わりましたか。反省点もありますが……。はぁ……」

重いものを吐き出すように深いため息をついた私の頭に、ポンと大きな手が置かれる。

そちらに目を向ければ、そこには優しげな笑みで私を見る師匠の顔があった。

「お前は十分に良くやった。気にする必要はない。それは錬金術師としても、な。お前たちの作った殺虫剤は私も見た。なかなかに見事な出来だったぞ？」

「あ、ありがとうございます」

その穏やかで温かな声に癒やされる気がして、私が小さくお礼を口にすると、師匠は
「ただ……」と言って私に顔を寄せ、ニヤリと笑って耳元で囁(ささや)く。

「――ソラウムの葉を使ったな？」

「――っ‼」

そう。実はあの殺虫剤には、ソラウムの葉が含まれているのだ。

ミスティと一緒に頑張った結果、人に悪影響を及ぼす確率は、ほぼゼロ、というところ

まで実現できたのだけど、確実にまでは至らない。

それでも時間をかけて研究を進めれば、おそらく不可能ではなかっただろう。

しかし、その間も疫病で死ぬ人は増え続けるわけで……。

そう考えて頭を悩ませていた時、目に入ったのは裏庭に生えているソラウム。

師匠から聞いた話を思い出し、試してみた結果――。

使用量は極僅かだし、あまり知られていない素材。仮に解析されたとしても気付かれることはないと思っていたんだけど、さすがに師匠は誤魔化せなかったか。

「マ、マズかったでしょうか？」

「こっそり使ったのだろう？　別に構わん。あれに気付けるようなヤツには、知られても別に問題はないしな」

師匠はもう一度私の頭をポンポンと叩くと、身体を離してパンと手を叩いた。

「ま、総じて言えば、初めての経験にしては、お前の対応は見事だった。頑張ったな」

「そうであるなら、それはみんなの支えがあったからです。特にマリスさんがいなかったら、どうなったことか……。感謝しています」

改めてマリスさんにお礼を言うと、彼女は軽く肩を竦めて首を振る。

「大したことないですわ？　でも、評価してくれるなら、わたくしの借金、減らしてくれても良いですわ？」

「そうですね、検討してみます」

「やりましたわ！」

断言はしていないのに、今日一番嬉しそうな表情で拳を握るマリスさん。

でも実際、マリスさんに対して、報酬を出す必要はあるだろう。

レオノーラさんとも相談しないといけないので、それが借金の減額という形になるかは判らないけれど、これだけ頑張ってくれて無報酬ということはあり得ない。

他にもレオノーラさんやハドソン商会、フィード商会、アデルバートさんたちやアイリスたちも……？　どこまで報酬を出すべきなのか、いくらぐらい払えば良いのか、それは私が考えるべきなのか――あぁ、ここにフェリク殿下がいるのだから、全権代理を返上してしまえば、頭を悩ます必要もない？　――などと、うだうだ考えていると、話が落ち着いたとみてか、アイリスがため息混じりに口を開いた。

「惜しむらくは、ジョーゼフを取り逃がしたことだなぁ」

「あれは仕方ないでしょ。疫病の蔓延阻止が最優先だったんだから」

そう言ってアイリスを宥めつつも、やはり悔しげなケイトだが――。

「あぁ、それなら安心しろ。たまたま見つけたからな、捕縛しておいた」

「「は？」」

　突然ぶち込まれた情報にアイリスとケイト、ミスティの声が揃い、私は眉をひそめた。

「えぇ？　たまたま……？」

　――凄く助かるけど、場所を考えると、さすがにあり得なくない？

　そんな思いを込めて師匠を見るが、師匠は平然と頷く。

「あぁ、たまたま。処分の方は――」

「私が引き受けました。本来なら領主の仕事ですが、ここは王領ですし、全権代理であるサラサさんがやるより、私が処罰した方が面倒はないでしょう？」

「それは……助かります。無駄に恨みは買いたくないので……」

　あれでもジョーゼフは貴族に連なる人物。

　所詮は一介の士爵である私が量刑を決めて、処刑するというのは荷が重すぎる。

「まぁ、さすがに行為が行為だけに、親族が何か言うことはないと思いますが、一応こちらでも監視しておきます。安心してください」

　自身も病気で苦しんだからだろう。暗い笑みを浮かべる殿下に頼もしさを感じる。

　でも本来、それらの気苦労は、私が背負い込む筋合いのものではないよね？

「それより殿下。私の全権代理についてもご相談したいのですが……」

私の心労の原因は、やはりこれ。

さっさと返して、のんびりとした錬金術師生活に戻りたい。

そんな気持ちを込めてフェリク殿下を見ると、彼は解ったとでも言うように深く頷く。

「解っています。功績には恩賞が必要。そういうことですね？」

——全然解ってなかった。

いや、恩賞として解放してくれるなら良いけどね？

「恩賞というなら、殿下を治療したマリスさんにこそ……」

「そちらは研究の支援という形で纏まりました。私の婚約者はどうかと言ったのですが、断られてしまいまして」

「「「えっ!?」」」

この場にいる他の人たちは既に聞いていたのだろう。私たち四人だけが驚きに声を上げ、マリスさんを見ると、彼女は不思議そうに小首を傾げた。

「王族になると、病気の研究なんて、できないのですわ？」

「ブ、ブレないんですね、マリスさん……」

王族という地位に興味はないけれど、それを断れる度胸は尊敬する。

ついでに、病気の研究にかける意気込みも。

「なので、マリスさんについて、サラサさんが心配する必要はありません。それにサラサさんは『タダ働きをするつもりはない』と言っていたと聞きましたよ？」

私がそんなことを言ったのは、一回だけ。

それを知っているのは、アイリスたちを除くと——。

私がバッとレオノーラさんに顔を向けると、師匠とフェリク殿下の存在があったからか、緊張気味に口を噤んでいた彼女は、慌てたように首を振った。

「わ、私は言ってないわよ？　——マリスにしか」

「わたくしは、ちゃんと殿下に伝えておきましたわ？」

——頼んでない！　頼んでないよ‼

しれっと答えるマリスさんに苦情を言いたいが、殿下の前ではそれも難しい。

「ですので、サラサさんには、マリスさんを指揮したという功績も加味し、ロッホハルトの領主の地位と子爵という爵位を用意しました。受けてくれますね？」

「そ、そんな——っ！　私に領主なんて……」

お、おかしいな？　全権代理を返上できると思ったら、固定化しそうになってるよ？

意味不明すぎるっ！

「今もロッツェ領の領主じゃないですか。少し広くなるだけのことですよ」

少しどころじゃない。面積だけでも三倍以上、人口なんてその比じゃない。

「私は錬金術師ですし、目標は師匠です。それができなくなるのは……」

「心配しなくても、基本は代官を使えば良いんですよ。クレンシーを上手く使って、彼が引退するまでに次代を育てるか、錬金術師と両立するか。それは自由ですから」

「し、師匠だって貴族じゃないのに、子爵なんて地位を貰うのは……」

なんとか師匠を盾にしてみるが、それに首を捻ったのは他ならぬ師匠だった。

「ん？　……あぁ、そういえば言っていなかったか？　マスタークラスは一応、侯爵相当と見なされるぞ？　だから、そこは気にする必要はない」

「そういうことです。受けてくれますね？」

「うぅ………はい。お受け致します」

逃げ道を塞がれた私に、他の答えは既に残っていなかった。

ガクリと項垂れる私に対し、フェリク殿下は満足そうに頷く。

──くそぅ。やっぱりこの殿下、私にとっての鬼門だよ……。

しかし、私がそう思った直後。

「ちなみにだが、フェリク。サラサを自分の都合で便利に使おう、などと思っているなら、どうなるか……解っているだろうな？」

「も、もちろんですとも！　ミリス師の弟子であるサラサさんを、私程度が都合良く使おうなど！　ははっ、ははは……」

何だか乾いた笑いを漏らしながら、私と同じように項垂れたフェリク殿下を見て、私は少し溜飲を下げたのだった。

◇　◇　◇

「いや～、たとえ狭くても、我が家が一番落ち着くねぇ……」

久し振りにお店のカウンターに座った私は、ぽえ～っという感じに言葉を零していた。

「サラサさん、今回は本当にお疲れさまでした」

ロレアちゃんはそんな私を労るように、お茶を淹れてくれたり、お菓子を用意してくれたり、訪れたお客さんのお相手をしてくれたり……私は本当に座っているだけである。

知り合いが来店したら挨拶はするけれど、完全に休養モードだ。

手の中には、カウンターの上にいたクルミ。モフモフの手触りを堪能している私を見上げ、何だか不満そうに「がぅがぅ」言っているけれど、私の錬金生物としてこれぐらいは甘んじて受け入れ、私を癒やすべきである。

「本当に疲れたよ、特に精神的に。ロレアちゃんも、お店を守ってくれてありがとう」

「いえ、私にできることしただけですから。それより、クルミが不満そうですよ？」

「良いんだよ。今回は役に立たなかったんだから」

「クルミは私のボディガードですよね？　それであればちゃんとお仕事してましたよ？

まぁ、最近は変な採集者も来ないので、のんびりしてますけど」

「それ自体は、良いことなんだけどねぇ」

私が留守にしていた間は、省エネモードでカウンターに座っていた様子。

魔力消費もほとんどなく、無駄に魔晶石を消費したりしないのは親孝行なのかも？

そんなことを思いつつクルミを見つめていると、横からスッと伸びてきたロレアちゃんの手がクルミを奪い、彼女によって私の錬金生物(ホムンクルス)は抱きしめられてしまった。

むー、何だか、クルミも嬉しそう。

一応は私の因子が一番多い――つまりは、私の方が親として近いはずなんだけど……。

やっぱり過ごす時間の長さ？　生みの親より育ての親？

まさか……胸のボリュームとか関係ないよね？

「そんなことより、サラサさん。サラサさんは、この村の領主様になったんですよね？」

私の不穏な視線を感じたのか、少し身体の向きを変えたロレアちゃんに改めて尋ねられ、私は頷きつつも注釈を入れる。

「えっ？　あ、うん、そうだね。ロッホハルトとロッツェ領を含めた、全域のね」

ロッツェ領は、現在ロッツェ地域となり、ロッホハルトに統合されてしまった。

そしてその結果、私の正式な名前はサラサ・フィード・ロッツェ・ロッホハルト子爵と
いう、とても長いものになっている——まぁ、どこまで名乗るかは私のこだわり次第で、
普通はサラサ・ロッホハルトで十分なんだけど。

「そうなると、これまで以上にお店を留守にすることも？」

「いやいや、基本的には代官にお任せだから。クレンシーに頑張ってもらうよ？」

少し不安そうなロレアちゃんに、私は即座に首を振る。

自分のためなら、年寄りでも容赦なく扱き使う所存。補佐として付けたウォルターも、
次代の代官としてしっかり育成してもらわないといけないし？

ウォルターからすれば、小さなロッツェ領と、大きなロッホハルト領では勝手が違って
大変だろうけど、是非頑張ってほしい——私の穏やかな錬金生活のために！

「ま、私が処理しないといけない仕事もあるから、そこはやるしかないんだけどね」

「なるほど、お隣にできたでっかいお屋敷が、ついに活用されるわけですね！」

「あぁ……うん、そうだねぇ……、はは……」

グッと両手を握るロレアちゃんに、私は乾いた笑いを漏らす。

ヨック村は疫病の影響が少なかったこともあり、盗賊騒動の折にクレンシーの強い勧めで開始された増築は作業が継続されていて、つい先頃、完成を見た。

ゲベルクさんたちが頑張って作ってくれたそのお屋敷は、広い応接室や執務室、客室などを備えた随分と立派な物だったけれど、私たちが暮らすだけなら、実際、今までの家で問題はないわけで……まったくと言って良いほど使われてないんだよねぇ。

でも、領主の仕事をすれば書類も溜まるだろうし、今の家では確実に手狭になる。

まさかクレンシー、これを見越して増築を進めたんじゃ……ないよね、さすがに。

あの時点では私がロッホハルトの領主になるなんて思ってなかっただろうし、おそらくはロッツェの領主である私を、ヨック村に留めるのが目的だったのかな？

普通に考えたら、ロッツェ村に店を移す方が妥当だろうし。

「でも……、思えば僅か二年で随分と変わったよね」

「ですねぇ。最初に会った時はびっくりしました。私と同じぐらいの女の子が錬金術師でお店を開くって言うんですから……。私と会ったのは村に来た初日でしたよね？」

「うん。ロレアちゃんの実家にお買い物に行ったのが、私たちの出会いだったね」

「その後、私が引っ越しのお手伝いに行って……一緒にお布団を作りましたね」

「うん。思えばあれが、ロレアちゃんを雇おうと思った切っ掛けかな？」

あの時にロレアちゃんの人柄を知ったから、迎え入れる決断ができたわけで。

「もしこのお店で働いていなかったら、私の今も随分と違ったと思います。けど、サラサさんと一緒に暮らし始めたのは、アイリスさんたちの方が先なんですよね」

「そういえば、そうだね？　あんまりそんな気もしないけど……。その頃からロレアちゃんは、寝るとき以外はこっちにいたからかな？」

ロレアちゃんは朝、昼、晩とご飯を作ってくれていたし、ここでお風呂にも入っていたから、本当に寝に帰るだけだったんだよねぇ。

それもあってか、ダルナさんたちは住み込みもすんなり認めてくれたし。

「その後、アイリスさんと結婚して貴族になって……そして今は、ロッホハルト全体の領主様ですか」

「そうだね、あのフェリク殿下のせいでね！」

「あはは……。確かマリスさんに求婚したんですよね？　あのマリスさんに」

「断っちゃったみたいだけどね。でも、二人の間に何があったのかは、気になるかも？」

「へー、サラサさんでも恋愛話に興味があるんですねぇ」

「他人の恋愛話ならね！　自分についてては、まったくないけどね！」

意外そうなロレアちゃんに私が強く主張すると、ロレアちゃんは小さく苦笑する。

「でも、サラサさんが領主様になってくれて、ちょっと安心しています」

「そうなの？」

「はい。もしサラサさんが村からいなくなったとしても、縁は繋がるんだなって……」

「え？　いやいや、このお店はずっと続けるつもりだよ？」

少し寂しそうな顔をしたロレアちゃんに私は慌てて、ぶんぶんと首を振る。

「それに、もし、仮に、別の場所に移るとしても、ロレアちゃんを手放すつもりはないよ？　だから、その時には……ロレアちゃんも一緒に来てくれる？」

「はい！　サラサさんが望むなら、これからもよろしくね？」

「ありがとう！　改めて、これからもよろしくね？」

「もちろんです。こちらこそ、です！」

私の言葉に、ロレアちゃんがニコリと微笑み――。

「あっ！　サラサ先輩とロレアが、なんか良い雰囲気になってます！　浮気、浮気ですよ、アイリスさん！」

奥から顔を覗かせたミスティがそんなことを叫んで、アイリスを呼んだ。

「なんと！　早い、早いぞ、サラサ！　まだ私たちは新婚だろう⁉　そりゃ、サラサは既

に子爵。二人目や三人目がいてもおかしくないが、手を出すなら、まずはケイト──」

「待って、待って！　おかしい！　色々おかしいから！」

素早く走ってきて妙なことを口走るアイリスに、私が慌てて口を挟むと、アイリスの後ろからやってきたケイトも、同意するように頷く。

「そうね。私は別に順番に拘らないわ。それこそ、ミスティの後でも？」

「おかしいのは、そこでは、ない‼　そして、後半はやっぱりおかしい！」

「あ、ボクも入れてくれるんですか？　それも悪くないですねぇ。えへへ」

のんびりと漂っていた空気が、一気に騒がしくなった。

でも、こんな空気も嫌いじゃない。

きっと私は、こんな風に賑やかにお店を続けていくんだろう。

お店のドアが開く音がして、アイリスたちの華やかな声が途切れる。そして──。

「「「いらっしゃいませ！」」」

私たちの声が揃って店内に響いた。

あとがき

アニメ、絶賛放送中！　見てね！
——と、露骨な宣伝で入ってみた、いつきみずほです。
放送終了後にこの本をお買い上げくださった方は、サブスクとか、円盤とかもあります
よ？　ちなみに円盤には特典小説も付いていてお得（？）です。
しかし、最近のアニメ事情は、地方在住者にも優しいですよね。
ＢＳなら日本全国で見られますし、ネットでも無料で配信されたりするので、放送時間
がずれて録画に失敗、阿鼻叫喚（あびきょうかん）！　なんて心配も無用です。
子供の頃はなかなか親に『アニメ見たいから、お金出して』とは言えませんしねぇ……
などと、過ぎ去った過去への郷愁はさておき。
実は原作者の恩恵として、アニメは事前に一通り拝見しているのですが……おかげで、
七巻を書いている間、頭の中で再生されるキャラの声が声優さんの声に（笑）
残念ながら、ミスティやマリスは仲間外れですが。うーん、残念。

もちろん、リアルタイムでも追ってます。諸般の事情でネット配信ですけど。

でも、便利ですよね、ネット配信。録画してなくてもいつでも見られますし、巻き戻すこともできますし、一時停止もできますし。忙しい皆様方の味方です。

そして、配信と言えばミニアニメです。本編のキャラも可愛いですが、SDキャラのサラサたちも可愛いので、お勧めです。未見の方は是非、是非！


そういえば、アニメ各話の最後に収支が表示されるのは、お気付きでしょうか？

会議であの案が出て、「やりましょうか！」と言ったは良いものの、当然ながら計算するのは私の仕事。「……おや？　どこまで計算すれば良いの？」となったのは、ここだけの秘密です。厳密に考えると、どこまでが事業費で、どこまでが私費か、区切りが難しいんですよね。サラサってば、素材やお金を私的流用してるから。

ダメな個人事業主の典型ですね！　店舗経営のお話なのに‼

もしくは、ワーカホリック。私的活動が店舗経営と直結してるので。

……え？　前巻で税務申告してるのに、そんなので大丈夫なのかって？

大丈夫です。この国の錬金術師の税金は、基本的には売買金額のみに掛かるので。消費税ですね。まぁ、採集者から素材を買い取ったときの税金も錬金術師が払うので、ちょっと違いますけど。なお、錬金術師間取り引きの仕入れ税額控除(こうじょ)はあります。

――と、そんな誰得の裏設定はともかく。

最終的には、大きなお金の流れをピックアップして計算、リスト化して提出し、「適当に選んでください」とアニメスタッフの方にお任せしたのでありました。


さて、アニメのことばかり書くのもなんですので、小説について。

なんと今回は、サラサとアイリスの関係性に進展が！

……あったような？　なかったような？

でも、少し距離感が近くなったような気はしますね。

そして、この巻の影の主役のマリスさん。

ちょっぴり残念風味な彼女にも、王子様との甘酸(あまず)っぱいロマンスが――‼

……あったかどうかは、見方によります。案外、強(したた)かに利用しそうではありますが。

最後になりましたが謝辞を。

アニメスタッフの皆様、サラサたちを可愛く描いて、そして演じてくれてありがとうございます。原作者として感無量です。

ふーみさん、アニメ関係でたくさん絵を描かないといけない中、隔月で二巻分の表紙、口絵、挿絵など、大変だったことと思います。お疲れさまでした＆いつもありがとうございます。前回はミスティのキャラデザもお願いしちゃいましたしね！

kirero さん、あっという間にコミック三巻まで出ちゃいましたね。この前連載が始まったと思ったのに——と思えるのは、私がネームを確認するだけの気楽な立場だからですね。毎月考えるのは大変だと思いますが、今後もよろしくお願いします。

そして読者の皆様、いつもお買い上げ、ありがとうございます。アニメ化できたのも、皆様の応援あってのことと感謝しております。

しかし、子供の頃から馴染みのあるファンタジア文庫で小説を出せて、コミカライズもされて、アニメにまでなって……。

これで、もう思い残すことは——たくさんあるので、私の別作品もよろしくお願いします！『魔導書工房の特注品（ファンタジア文庫）』とか、『異世界転移、地雷付き。（ドラゴンノベルス）』とか、ちょっと雰囲気の違うものも出してますのでっ！

どうか、またお会いできることを願っております。

いつきみずほ

新米錬金術師の店舗経営07
疫病を退治しよう！

令和４年11月20日　初版発行

著者――いつきみずほ

発行者――山下直久

発　行――株式会社KADOKAWA
〒102-8177
東京都千代田区富士見2-13-3
0570-002-301（ナビダイヤル）

印刷所――株式会社暁印刷

製本所――本間製本株式会社

※定価はカバーに表示してあります。
●お問い合わせ
https://www.kadokawa.co.jp/（「お問い合わせ」へお進みください）
※内容によっては、お答えできない場合があります。
※サポートは日本国内のみとさせていただきます。
※Japanese text only

ISBN978-4-04-074694-4 C0193　◇◇◇